Harry Potter

Y EL
LEGADO MALDITO

PARTES UNO Y DOS

BASADA EN UNA HISTORIA DE

J.K. ROWLING
JOHN TIFFANY Y JACK THORNE
UNA NUEVA OBRA DE **JACK THORNE**

**PRODUCIDA POR
SONIA FRIEDMAN PRODUCTIONS, COLIN CALLENDER
& HARRY POTTER THEATRICAL PRODUCTIONS**

**GUIÓN AUTORIZADO
DE LA PRODUCCIÓN TEATRAL**

**TEXTO COMPLETO
DE LA OBRA DE TEATRO**

HARRY POTTER

POTTER

Y EL
LEGADO MALDITO

PARTES UNO Y DOS

Traducción del inglés de
Gemma Rovira Ortega

Título original: *Harry Potter and the Cursed Child - Parts One and Two*
(Special Rehearsal Edition)

Publicado por primera vez en Reino Unido en 2016 por Little, Brown

Publicaciones y Ediciones Salamandra, S.A.
Almogàvers, 56, 7º 2ª - 08018 Barcelona - Tel. 93 215 11 99
www.salamandra.info

ISBN: 978-84-9838-756-8
Depósito legal: B-14.863-2016

1ª edición, septiembre de 2016
Printed in the United States of America

Impreso y encuadernado en:
Thomson-Shore, Inc., Dexter, Michigan

Índice

J.K. Rowling

A Jack Thorne, que entró en mi mundo e hizo cosas preciosas en él.

John Tiffany

A Joe, Louis, Max, Sonny y Merle... Todos magos...

Jack Thorne

A Elliott Thorne, nacido el 7 de abril de 2016. Mientras nosotros ensayábamos, él hacía gorgoritos.

PRIMERA PARTE

Acto I. Escena 1.

King's Cross

Una estación abarrotada y bulliciosa, llena de gente intentando llegar a su destino. Entre el alboroto, dos grandes jaulas traquetean sobre sendos carritos cargados hasta arriba y empujados por dos muchachos: James Potter y Albus Potter, seguidos por Ginny, su madre. Un hombre de treinta y siete años, Harry, lleva a su hija Lily sobre los hombros.

ALBUS
¡Papá! ¡No para de repetirlo!

HARRY
James, déjalo correr.

JAMES
Sólo he dicho que podría tocarle Slytherin. Y la verdad es que... *(eludiendo la mirada enfadada de su padre)* vale.

ALBUS *(levantando la mirada hacia su madre)*
Me escribiréis, ¿no?

GINNY
Todos los días, si quieres.

ALBUS
No. Todos los días no. Dice James que lo normal es que tus padres te escriban una vez al mes. No quiero que...

HARRY
El año pasado escribíamos a tu hermano tres veces por semana.

ALBUS
¿Qué? ¡James!

13

Albus lanza una mirada acusadora a James.

GINNY

Sí. Creo que no te conviene creer todo lo que te cuente sobre Hogwarts. Tu hermano es muy bromista.

JAMES *(sonriendo)*

¿Podemos irnos ya, por favor?

Albus mira a su padre y luego a su madre.

GINNY

Lo único que tienes que hacer es andar recto hacia la pared que hay entre los andenes nueve y diez.

LILY

¡Qué emoción!

HARRY

No te detengas y no te asustes, si lo haces chocarás, esto es muy importante. Si tienes miedo, lo mejor es hacerlo deprisa.

ALBUS

Estoy listo.

Harry y Lily se agarran al carrito de Albus. Ginny se agarra al de James. Toda la familia avanza con decisión hacia la pared.

Acto I. Escena 2.

Andén nueve y tres cuartos

El andén está cubierto por una densa nube de vapor que surge del expreso de Hogwarts.

Y también hay mucha actividad. Pero en lugar de gente con traje camino de su trabajo, ahora está lleno de magos y brujas con túnica buscando la manera de despedirse de sus queridos vástagos.

ALBUS
¡Ya está!

LILY
¡Uau!

ALBUS
El andén nueve y tres cuartos.

LILY
¿Dónde están? ¿Están aquí? ¿Y si no han venido?

Harry señala a Ron, Hermione y su hija Rose. Lily corre hacia ellos.

LILY
Tío Ron. ¡Tío Ron!

Ron se da la vuelta y ve a Lily, que va disparada hacia él. La levanta y la coge en brazos.

RON
Pero ¡si es mi Potter favorita!

LILY
¿Me has traído un truco?

RON

¿Conoces el aliento robanarices, garantizado por Sortilegios Weasley?

ROSE

¡Mamá! Papá está haciendo ese truco tan malo otra vez.

HERMIONE

Tú lo llamas malo y él lo llama espectacular. Yo diría que ni tanto ni tan poco.

RON

Espera un momento. Déjame masticar un poco de aire. Y ahora es tan sencillo como... Perdona si huelo a ajo...

Le echa el aliento en la cara. Lily ríe.

LILY

Hueles a gachas de avena.

RON

Bing. Bang. Boing. Jovencita, prepárate para no poder oler absolutamente nada.

Hace como si le arrancara la nariz.

LILY

¿Dónde está mi nariz?

RON

¡Ta-chán!

Le muestra la mano vacía. Es un truco muy malo. A todos les hace gracia de lo malo que es.

LILY

Qué tontito eres.

ALBUS

Otra vez todo el mundo nos mira.

RON

¡Me miran a mí! Soy sumamente famoso. ¡Mis experimentos nasales son legendarios!

HERMIONE

Desde luego, son algo especial.

HARRY

¿Qué? ¿Has podido aparcar?

RON

Sí. Hermione dudaba que yo pudiera aprobar el examen de conducir de los muggles, ¿verdad? Estaba convencida de que tendría que confundir al examinador.

HERMIONE

Eso no es verdad. Yo tengo una fe ciega en ti.

ROSE

Y yo tengo una fe ciega en que confundió al examinador.

RON

¡Eh!

ALBUS

Papá...

Albus le tira de la túnica a Harry. Éste mira hacia abajo.

ALBUS

¿Crees que...? ¿Y si...? ¿Y si me ponen en Slytherin?

HARRY

¿Y qué habría de malo en eso?

ALBUS

Slytherin es la casa de la serpiente, de la magia oscura... No es una casa de magos valientes.

HARRY

Albus Severus, te pusimos los nombres de dos directores de Hogwarts. Uno de ellos era de Slytherin y seguramente era el hombre más valiente que he conocido en mi vida.

ALBUS

Pero y si...

HARRY
Si te importa de verdad, el Sombrero Seleccionador tendrá en cuenta tus sentimientos.

ALBUS
¿En serio?

HARRY
Conmigo lo hizo.

Son palabras que nunca antes había dicho, y resuenan un momento en sus oídos.

HARRY
Hogwarts será como tú quieras que sea, Albus. Te prometo que allí no hay nada que temer.

JAMES
Aparte de los thestrals. Mucho ojo con los thestrals.

ALBUS
¡Creía que eran invisibles!

HARRY
Haz caso a tus profesores, no le hagas caso a James y acuérdate de pasarlo bien. Y ahora, si no quieres que este tren se vaya sin ti, deberías subirte a él...

LILY
Voy a perseguir el tren.

GINNY
¡Lily, vuelve aquí ahora mismo!

HERMIONE
Rose, acuérdate de darle un abrazo de nuestra parte a Neville.

ROSE
¡Mamá! ¡No puedo darle un abrazo a un profesor!

Rose se va para subir al tren. Entonces Albus se da la vuelta y abraza a Ginny y a Harry por última vez antes de ir tras ella.

ALBUS
Bueno, adiós.

Sube al tren. Hermione, Ginny, Ron, Lily y Harry se que-
dan mirándolo. Suenan unos silbatos a lo largo del andén.

GINNY
Todo irá bien, ¿verdad?

HERMIONE
Hogwarts es un sitio muy grande.

RON
Grande. Maravilloso. Lleno de comida. Daría cualquier
cosa por volver allí.

HARRY
Qué raro que a Al le preocupe que lo pongan en Slytherin.

HERMIONE
Eso no es nada. A Rose le preocupa si batirá el récord
de quidditch el primer o el segundo año. Y sacarse el TIMO
cuanto antes.

RON
No me explico de dónde sale tanta ambición.

GINNY
¿Qué te parecería, Harry? Si a Al lo pusieran... allí.

RON
No sé si lo sabes, Gin, pero siempre creímos que había
posibilidades de que a ti te tocara Slytherin.

GINNY
¿Qué?

RON
En serio. Fred y George llevaban las apuestas.

HERMIONE
¿Podemos irnos ya? La gente nos mira.

GINNY
La gente siempre mira cuando estáis los tres juntos.
Y cuando no estáis juntos. La gente siempre os mira.

Salen los cuatro. Ginny retiene a Harry.

GINNY

Harry... Le irá bien, ¿verdad?

HARRY

Claro que sí.

Acto I. Escena 3.

Expreso de Hogwarts

Albus y Rose recorren un vagón del tren. Se acerca la bruja del carrito de la comida empujando su carrito.

BRUJA DEL CARRITO DE LA COMIDA
¿Os apetece algo del carrito, queridos? ¿Empanada de calabaza? ¿Ranas de chocolate? ¿Pasteles en forma de caldero?

ROSE *(captando que Albus mira con ojos golosos las ranas de chocolate)*
Al. Tenemos que concentrarnos.

ALBUS
Concentrarnos, ¿en qué?

ROSE
En decidir de quién nos haremos amigos. Como sabes, mis padres conocieron a tu padre en su primer viaje en el expreso de Hogwarts.

ALBUS
¿Y tenemos que decidir ahora de quién seremos amigos el resto de nuestra vida? ¡Qué miedo!

ROSE
Al contrario. ¡Qué emoción! Yo soy una Granger-Weasley, y tú, un Potter. Todos querrán ser amigos nuestros, así que podemos escoger a quien queramos.

ALBUS
Entonces, ¿cómo decidimos en qué compartimento viajamos?

ROSE
Los examinamos todos y luego nos decidimos.

Albus abre la puerta de un compartimento y se ve un chico rubio que está solo, Scorpius. El resto del compartimento está vacío. Albus sonríe. Scorpius le devuelve la sonrisa.

ALBUS

Hola. ¿Este compartimento está...?

SCORPIUS

Está libre. Estoy yo solo.

ALBUS

Muy bien. Pues nos quedamos aquí... un rato. Si te parece bien.

SCORPIUS

Sí, claro. Hola.

ALBUS

Albus. Al. Me llamo Albus...

SCORPIUS

Hola, Scorpius. Quiero decir que yo me llamo Scorpius. Tú eres Albus. Yo soy Scorpius. Y tú debes de ser...

El semblante de Rose se ensombrece por momentos.

ROSE

Rose.

SCORPIUS

Hola, Rose. ¿Os apetecen unas meigas fritas?

ROSE

No, gracias. Acabo de desayunar.

SCORPIUS

También tengo chocoshocks, diablillos de pimienta y babosas de gelatina. Idea de mamá, que dice que *(se pone a cantar)* las golosinas siempre te ayudan a hacer amigos. *(Se da cuenta de que cantar ha sido un error.)* Una idea estúpida, supongo.

ALBUS

Yo probaré alguna. Mi madre no me deja comerlas. ¿Por cuál empezarías?

Rose da un golpe a Albus sin que lo vea Scorpius.

SCORPIUS

Fácil. Siempre he considerado que los diablillos de pimienta son los reyes de la bolsa de golosinas. Son unos caramelos de menta que hacen que te salga humo por las orejas.

ALBUS

Genial, pues probaré... *(Rose vuelve a darle un golpe.)* ¿Quieres parar de pegarme, Rose?

ROSE

Yo no te he pegado.

ALBUS

Sí que me has pegado. Y me has hecho daño.

Scorpius se pone serio.

SCORPIUS

Te pega por mi causa.

ALBUS

¿Qué?

SCORPIUS

Mira, yo sé quién eres, así que supongo que lo justo es que tú también sepas quién soy yo.

ALBUS

¿Cómo es que sabes quién soy?

SCORPIUS

Eres Albus Potter. Ella es Rose Granger-Weasley. Y yo soy Scorpius Malfoy. Mis padres son Draco y Astoria Malfoy. Nuestros padres... no se llevaban bien.

ROSE

Por decirlo de una manera suave. ¡Tus padres son mortífagos!

SCORPIUS *(ofendido)*

Papá lo era, pero mamá no.

Rose mira hacia otro lado, y Scorpius sabe por qué.

SCORPIUS

Ya sé lo que se rumorea, pero es falso.

Albus mira primero a Rose, incómoda, y luego a Scorpius, exasperado.

ALBUS

¿Qué...? ¿Qué se rumorea?

SCORPIUS

Dicen que mis padres no podían tener hijos. Que mi padre y mi abuelo estaban tan desesperados por tener un heredero poderoso e impedir que se extinguiera la estirpe de los Malfoy, que... utilizaron un giratiempo para enviar a mi madre al pasado...

ALBUS

¿Al pasado? Pero ¿adónde?

ROSE

Albus, según el rumor, Scorpius es hijo de Voldemort.

Se hace un silencio incómodo, muy desagradable.

ROSE

Seguro que es mentira. Porque... mira, tienes nariz.

La tensión se reduce un poco y Scorpius ríe agradecido, lo que resulta penoso.

SCORPIUS

¡Sí, y es igual que la de mi padre! Tengo su nariz, su pelo y su apellido. Aunque eso tampoco es ninguna maravilla. Quiero decir que... tengo problemas con mi padre, como todos. Pero, en general, prefiero ser un Malfoy que... bueno, que el hijo del Señor Tenebroso.

Scorpius y Albus se miran, como si compartieran algo sin decirse nada.

ROSE

Sí, bueno, quizá sea mejor que nos sentemos en otro sitio. Vamos, Albus.

Albus está sumido en sus pensamientos.

ALBUS

No. *(Elude la mirada de Rose.)* Yo estoy bien aquí. Tú sigue...

ROSE

Albus. No voy a esperarte.

ALBUS

Ni yo te pido que me esperes. Pero me quedo aquí.

Rose lo mira un instante y sale del compartimento.

ROSE

¡Pues muy bien!

Scorpius y Albus se miran indecisos.

SCORPIUS

Gracias.

ALBUS

No, no. No me he quedado por ti. Me he quedado por tus golosinas.

SCORPIUS

Qué mal genio tiene.

ALBUS

Sí. Lo siento.

SCORPIUS

No. Me gusta. ¿Cómo prefieres que te llamen? ¿Albus o Al?

Scorpius sonríe y se mete dos golosinas en la boca.

ALBUS *(pensativo)*
Albus.

SCORPIUS *(echando humo por las orejas)*
Gracias por quedarte por mis golosinas, Albus.

ALBUS *(riendo)*
¡Uau!

Acto I. Escena 4.

Escena de transición

Ahora entramos en un mundo aparente de cambios temporales. Y en esta escena todo tiene que ver con la magia.

Todo cambia muy deprisa mientras saltamos de un mundo a otro. No vemos una escena concreta, sino fragmentos, pedazos que muestran la progresión constante del tiempo.

Al principio estamos en Hogwarts, dentro del Gran Comedor, y todos bailan alrededor de Albus.

POLLY CHAPMAN
Albus Potter.

KARL JENKINS
Un Potter. En nuestro curso.

YANN FREDERICKS
Tiene el mismo pelo que él. Exactamente el mismo.

ROSE
Y es mi primo. *(Siguen bailando.)* Soy Rose Granger-Weasley. Encantada de conoceros.

El Sombrero Seleccionador se abre paso entre los alumnos, que salen disparados hacia sus casas.

Enseguida se hace evidente que está acercándose a Rose, que se mantiene en tensión mientras espera conocer su destino.

SOMBRERO SELECCIONADOR
Desde siempre y por entero
conozco vuestras cabezas,
¡son ya tantas las proezas
de este famoso sombrero!

Lo mismo me da si sois bajos o altos,
si tenéis el cabello liso o rizado,
probadme de una vez sin sobresaltos
y sabréis qué casa os ha tocado...
Rose Granger-Weasley.
(Le pone el sombrero a Rose.)
¡GRYFFINDOR!

Los alumnos de Gryffindor aplauden con entusiasmo mientras Rose se une a ellos.

ROSE
Gracias a Dumbledore.

Scorpius se apresura a ocupar el sitio de Rose, ante la atenta mirada del sombrero.

SOMBRERO SELECCIONADOR
Scorpius Malfoy.
(Le pone el sombrero a Scorpius.)
¡SLYTHERIN!

Era lo que Scorpius esperaba. Asiente con la cabeza y esboza una sonrisa. Los alumnos de Slytherin aplauden con entusiasmo mientras él se une a ellos.

POLLY CHAPMAN
Bueno, es lógico.

Albus se dirige rápidamente hacia la parte frontal del escenario.

SOMBRERO SELECCIONADOR
Albus Potter.
(Le pone el sombrero a Albus, y esta vez tarda un poco más. Como si a él también lo desconcertara.)
¡SLYTHERIN!

Se produce un silencio. Un silencio total y profundo. Un silencio que se agazapa y se retuerce, herido en su seno.

POLLY CHAPMAN
¿Slytherin?

CRAIG BOWKER JR.
¡Toma! ¿Un Potter en Slytherin?

Albus mira alrededor, indeciso. Scorpius sonríe, encantado, y le grita.

SCORPIUS
¡Ven conmigo!

ALBUS *(profundamente aturdido)*
Sí. Vale.

YANN FREDERICKS
Pues entonces el pelo no era tan parecido.

ROSE
¿Albus? Tiene que haber un error, Albus. Esto no es como debería ser.

Y de pronto nos hallamos en una clase de vuelo impartida por la señora Hooch.

SEÑORA HOOCH
Bueno, ¿a qué estáis esperando? Cada uno al lado de una escoba. Vamos, rápido.

Los niños se apresuran a colocarse junto a sus escobas.

SEÑORA HOOCH
Extended una mano sobre la escoba y decid: ¡Arriba!

TODOS
¡Arriba!

Las escobas de Rose y Yann vuelan hacia sus manos.

ROSE Y YANN
¡Sí!

SEÑORA HOOCH
Venga, no tengo tiempo para haraganes. Decid «Arriba». «¡Arriba!», con decisión.

TODOS *(excepto Rose y Yann)*
¡Arriba!

Las escobas alzan el vuelo, incluida la de Scorpius. La única escoba que queda en el suelo es la de Albus.

TODOS *(excepto Rose, Yann y Albus)*
¡Sí!

ALBUS
Arriba. ¡Arriba! ¡Arriba!

Su escoba no se mueve. Ni un milímetro. La mira fijamente, incrédulo y desesperado. Se oyen risitas del resto de los alumnos.

POLLY CHAPMAN
¡Qué humillación, por las barbas de Merlín! No se parece nada a su padre, ¿verdad?

KARL JENKINS
Albus Potter, el squib de Slytherin.

SEÑORA HOOCH
Muy bien, niños. Hora de volar.

Harry aparece de pronto al lado de Albus, y una nube de humo se extiende por el escenario. Estamos de nuevo en el andén nueve y tres cuartos, y el tiempo ha pasado sin piedad. Albus tiene un año más. Harry también, pero no se nota tanto.

ALBUS
Lo único que te pido, papá, es que... te apartes un poco de mí.

HARRY *(risueño)*
A los alumnos de segundo no les gusta que los vean con sus padres, ¿no es eso?

Un mago un poco entrometido empieza a describir círculos a su alrededor.

ALBUS
No. Es que... tú eres tú, y yo soy yo, y...

HARRY

Sólo es gente que mira, ¿vale? La gente mira. Y me mira a mí, no a ti.

El mago entrometido le tiende algo a Harry para que firme, y él firma.

ALBUS

Miran a Harry Potter y a su decepcionante hijo.

HARRY

¿Qué quieres decir?

ALBUS

A Harry Potter y a su hijo de Slytherin.

James pasa corriendo a su lado con su bolsa.

JAMES

¡Eh, tú, Slytherin miedica! ¡Basta de perder tiempo, hay que subir al tren!

HARRY

Eso ha estado de más, James.

JAMES *(desde lejos)*

Nos vemos en Navidad, papá.

Harry, preocupado, mira a Albus.

HARRY

Al...

ALBUS

No me llamo Al. Me llamo Albus.

HARRY

¿Te tratan mal tus compañeros? ¿Es eso? A lo mejor, si intentaras hacer más amigos... Sin Hermione y Ron, yo no habría sobrevivido en Hogwarts. No habría sobrevivido, te lo aseguro.

ALBUS

Pues yo no necesito a ningún Ron ni ninguna Hermione. Ya tengo... Tengo un amigo, Scorpius, y ya sé que a ti no te gusta, pero no necesito a nadie más.

HARRY

Mira, a mí lo único que me importa es que seas feliz.

ALBUS

No hacía falta que me acompañaras a la estación, papá.

Albus coge su maleta y se aleja apesadumbrado.

HARRY

Pero es que yo quería venir...

Pero Albus ya se ha ido. Draco Malfoy, con la túnica inmaculada y su coleta rubia impecable, se separa de la multitud para situarse junto a Harry.

DRACO

Necesito que me hagas un favor.

HARRY

Draco.

DRACO

Esos rumores sobre quién es el padre de mi hijo... parece que nunca cesan. Los otros alumnos de Hogwarts siguen fastidiando a Scorpius con ese tema. Si el ministerio emitiera una declaración ratificando que todos los giratiempos fueron destruidos en la Batalla del Departamento de Misterios...

HARRY

Draco, no le des tanta importancia. Pronto lo olvidarán.

DRACO

Scorpius lo está pasando mal, y como últimamente Astoria no se encuentra bien, necesita todo el apoyo posible.

HARRY

Si prestas atención a los chismes, los alimentas. Hace años que circula el rumor de que Voldemort tuvo un hijo, y Scorpius no es el primero al que acusan. El ministerio, por tu bien y por el nuestro, debe mantenerse al margen.

Draco frunce el ceño, preocupado, mientras se despeja el escenario y Rose y Albus esperan junto a sus maletas.

ALBUS
En cuanto arranque el tren, podrás dejar de hablar conmigo.

ROSE
Ya lo sé. Sólo tenemos que fingir delante de los adultos.

Scorpius aparece corriendo, con gran ilusión y una maleta aún más grande.

SCORPIUS *(optimista)*
Hola, Rose.

ROSE *(tajante)*
Adiós, Albus.

SCORPIUS *(sin perder el optimismo)*
Se está ablandando.

De pronto estamos en el Gran Comedor y vemos a la profesora McGonagall en la parte delantera del escenario con una gran sonrisa en el rostro.

PROFESORA MCGONAGALL
Y me complace presentar a la última incorporación del equipo de quidditch de Gryffindor: nuestra... *(se da cuenta de que debe mostrarse imparcial)* vuestra magnífica nueva cazadora, Rose Granger-Weasley.

Las aclamaciones inundan la sala. Scorpius aplaude de pie junto a Rose.

ALBUS
¿Tú también la aplaudes? Detestamos el quidditch y además Rose juega en el equipo de otra casa.

SCORPIUS
Es tu prima, Albus.

ALBUS
¿Crees que ella me aplaudiría a mí?

SCORPIUS
Lo que creo es que es buenísima.

Los alumnos rodean de nuevo a Albus mientras, de repente, empieza una clase de Pociones.

POLLY CHAPMAN
Albus Potter. Un personaje irrelevante. Ni los retratos lo miran cuando sube por las escaleras.

Albus se inclina sobre una poción.

ALBUS
Y ahora añadimos... ¿qué era, cuerno de bicornio?

KARL JENKINS
Que se arreglen él y el hijo de Voldemort.

ALBUS
Con unas gotas de sangre de salamandra...

La poción estalla con gran estruendo.

SCORPIUS
Vale. ¿Cuál es el contraingrediente? ¿Qué tenemos que cambiar?

ALBUS
Todo.

Y entonces el tiempo da otro salto hacia delante. Los ojos de Albus se vuelven más oscuros, la piel, más amarillenta. Sigue siendo un chico atractivo, aunque él no quiera reconocerlo.

Y de pronto se encuentra de nuevo en el andén nueve y tres cuartos con su padre, que aún intenta convencerlo (y a sí mismo también) de que todo está bien. Ambos tienen un año más.

HARRY
Tercero. Un curso importante. Aquí tienes tu autorización para ir a Hogsmeade.

ALBUS
Odio Hogsmeade.

HARRY
¿Cómo puedes odiar un sitio en el que no has estado?

ALBUS

Porque sé que estará lleno de alumnos de Hogwarts.

Albus hace una bola con el papel.

HARRY

Pruébalo, anda. Es tu oportunidad de ponerte las botas en Honeydukes sin que se entere tu madre... ¡No, Albus! ¡Ni se te ocurra!

ALBUS *(apuntando con su varita)*
¡Incendio!

La bola de papel arde y se eleva por el escenario.

HARRY

¡Pero qué tontería!

ALBUS

Lo más curioso es que no esperaba que funcionara. Se me da fatal ese hechizo.

HARRY

Al... Albus, he intercambiado búhos con la profesora McGonagall. Dice que te estás encerrando en ti mismo, que no participas en clase, que estás malhumorado, que...

ALBUS

¿Y qué? ¿Qué te gustaría que hiciera? ¿Que me volviera popular a base de magia? ¿Que me cambiara de casa mediante un conjuro? ¿Que me transformara en mejor estudiante? Lánzame un hechizo y conviérteme en lo que tú quieras, ¿vale, papá? Así todo será más fácil para los dos. Ahora tengo que irme. He de tomar un tren. Y encontrar a mi amigo.

Albus corre hacia Scorpius, que está sentado sobre su maleta, ajeno a todo.

ALBUS *(contento)*

Scorpius... *(preocupado)* Scorpius... ¿estás bien?

Scorpius no dice nada. Albus trata de interpretar la mirada de su amigo.

ALBUS
¿Tu madre? ¿Ha empeorado?

SCORPIUS
Tanto, que ya no puede empeorar más.

Albus se sienta al lado de Scorpius.

ALBUS
Creí que me enviarías un búho...

SCORPIUS
No sabía qué decirte.

ALBUS
Y ahora soy yo el que no sabe qué decir.

SCORPIUS
No digas nada.

ALBUS
¿Hay algo que pueda...?

SCORPIUS
Venir al funeral.

ALBUS
Por supuesto.

SCORPIUS
Y ser mi buen amigo.

Y de pronto aparece el Sombrero Seleccionador en el centro del escenario. Volvemos a estar en el Gran Comedor.

SOMBRERO SELECCIONADOR
¿Os da miedo lo que oiréis?
¿Que pronuncie el nombre que teméis?
¡Ni Slytherin! ¡Ni Gryffindor!
¡Ni Hufflepuff! ¡Ni Ravenclaw!
Tranquilo, niño, yo sé lo que hago.
Aprenderás a reír, después de un mal trago.
Lily Potter.
¡GRIFFINDOR!

LILY

   ¡Sí!

ALBUS

   Fantástico.

SCORPIUS

   ¿De verdad creías que la pondrían con nosotros? Los Potter no van a Slytherin.

ALBUS

   Hay uno que sí.

Albus intenta pasar desapercibido, y los demás alumnos se ríen. Los mira a todos con intención.

ALBUS

   No lo escogí yo, ¿sabéis? Yo no escogí ser su hijo.

Acto I. Escena 5.

Ministerio de Magia. Despacho de Harry

Hermione está sentada en el desordenado despacho de Harry, ante montañas de papeles. Va clasificando los documentos uno por uno. Harry entra a toda prisa. Tiene un rasguño en la mejilla, y sangra.

HERMIONE
¿Cómo ha ido?

HARRY
Era cierto.

HERMIONE
¿Y Theodore Nott?

HARRY
Detenido.

HERMIONE
¿Y el giratiempo?

Harry le muestra el giratiempo, que lanza destellos cautivadores.

HERMIONE
¿Es auténtico? ¿Funciona? ¿No será de los que sólo revierten una hora? ¿No permite retroceder más?

HARRY
Todavía no sabemos nada. Yo quería probarlo allí mismo, pero se han impuesto otras opiniones más prudentes.

HERMIONE
Bueno, ya lo tenemos.

HARRY
¿Y estás segura de que quieres conservarlo?

HERMIONE

Creo que no tenemos alternativa. Míralo. Es completamente distinto del giratiempo que tenía yo.

HARRY *(seco)*

Por lo visto, la hechicería ha avanzado desde que éramos niños.

HERMIONE

Estás sangrando.

Harry se mira en el espejo. Se da unos toquecitos en la herida con la túnica.

HERMIONE

No te preocupes, hará juego con tu cicatriz.

HARRY *(sonriente)*

¿Qué haces en mi despacho, Hermione?

HERMIONE

Estaba impaciente por saber qué había pasado con Theodore Nott, y... se me ha ocurrido venir a comprobar si habías cumplido tu promesa y tenías tu trabajo al día.

HARRY

Ah. Pues resulta que no.

HERMIONE

Ya lo veo. Harry, ¿cómo puedes trabajar en medio de este caos?

Harry agita su varita, y los papeles y los libros forman montoncitos ordenados. Harry sonríe.

HARRY

Se acabó el caos.

HERMIONE

Pero sigues sin haberlos leído. Aquí hay cosas interesantes, ¿sabes? Trols de la montaña que recorren Hungría a lomos de graphorns... Gigantes con tatuajes alados en la espalda que atraviesan los Mares Griegos... Y los hombres lobo se han ido a la clandestinidad.

HARRY

Estupendo, vamos allá. Reuniré al equipo.

HERMIONE

Ya lo sé, Harry, el trabajo de oficina es aburrido...

HARRY

Para ti no.

HERMIONE

Bastante tengo con ocuparme del mío. Hay personas y bestias que lucharon junto a Voldemort en las grandes guerras de los magos. Son aliados de las fuerzas oscuras. Eso, combinado con lo que acabamos de encontrar en casa de Theodore Nott, podría significar algo. Pero si el jefe del Departamento de Seguridad Mágica no se lee los expedientes...

HARRY

Es que no necesito leérmelos. Estando por ahí me entero de lo que pasa. En el caso de Theodore Nott... fui yo quien oyó los rumores del giratiempo, y yo quien decidió actuar. No tienes motivos para reprenderme.

Hermione mira a Harry, la situación es delicada.

HERMIONE

¿Te apetece un tofe? No se lo digas a Ron.

HARRY

Estás cambiando de tema.

HERMIONE

Sí, claro. ¿Quieres un tofe o no?

HARRY

No puedo. Hemos dejado el azúcar.

Pausa mínima.

HARRY

¿Sabes que crea adicción?

HERMIONE

¿Que si lo sé? Mis padres eran dentistas, algún día tenía que rebelarme. Aunque ya sé que a los cuarenta es un poco tarde... Acabas de hacer una cosa increíble. No es ningún reproche, ni mucho menos. Sólo te pido que te ocupes del trabajo de oficina de vez en cuando, nada más. Considéralo un suave empujoncito de la ministra de Magia.

A Harry no se le escapa el significado de estas últimas palabras, y asiente con la cabeza.

HERMIONE
¿Cómo está Ginny? ¿Y Albus?

HARRY
Se ve que la paternidad se me da tan bien como el trabajo de oficina. ¿Y Rose? ¿Y Hugo?

HERMIONE *(sonriendo)*
¿Sabes qué? Ron está convencido de que veo más a mi secretaria, Ethel *(señala hacia fuera)*, que a él. ¿Crees que hubo un momento en el que elegimos entre ser el mejor padre o madre del año o el mejor funcionario del ministerio? Va, vete a casa con tu familia, Harry. El expreso de Hogwarts partirá pronto. Disfruta del tiempo que te queda, y luego vuelve aquí con la cabeza despejada y léete estos expedientes.

HARRY
¿De verdad crees que todo esto podría ser algo grave?

HERMIONE *(sonriendo)*
Sí, podría serlo. Pero si fuera así encontraríamos la manera de combatirlo, Harry. Siempre la encontramos.

Sonríe una vez más, se mete un tofe en la boca y sale del despacho. Harry se queda solo. Pone algunas cosas en su bolsa. Sale del despacho y recorre un pasillo. Lleva el peso del mundo sobre los hombros.

Con aire cansado entra en una cabina telefónica. Marca el 62442.

CABINA TELEFÓNICA
Adiós, Harry Potter.

Y en un instante, Harry se esfuma del Ministerio de Magia.

41

Acto I. Escena 6.

Casa de Harry y Ginny Potter

Albus no puede dormir. Está sentado en lo alto de las escaleras. Oye voces que vienen de abajo. Oímos a Harry antes de verlo. Con él hay un hombre mayor que va en silla de ruedas, Amos Diggory.

HARRY

Le entiendo, Amos, de verdad. Pero acabo de llegar a casa y...

AMOS

He intentado concertar una cita contigo en el ministerio. Me dicen: «Veamos, señor Diggory, podemos darle cita dentro de dos meses.» Espero. Me armo de paciencia.

HARRY

...y que se presente en mi casa en plena noche, justo cuando mis hijos se están preparando para su primer día del curso... no me parece bien.

AMOS

Pasan dos meses, recibo un búho: «Señor Diggory, lo lamentamos muchísimo, pero el señor Potter ha tenido que salir a atender un asunto urgente, nos vemos obligados a aplazar su cita, ¿está usted disponible dentro de... dos meses?» Y luego se repite lo mismo, una y otra vez. Me estás dando largas.

HARRY

Claro que no. Lo que pasa es que, como jefe del Departamento de Seguridad Mágica, me temo que soy responsable de...

AMOS

Eres responsable de muchas cosas.

HARRY
¿Perdone?

AMOS
Mi hijo, Cedric. Te acuerdas de Cedric, ¿no?

HARRY *(el recuerdo de Cedric le duele)*
Sí, me acuerdo de su hijo. Su pérdida...

AMOS
¡Voldemort iba a por ti! ¡No a por mi hijo! Tú mismo me contaste que lo que dijo fue: «Mata al otro.» Al otro. Mi hijo, mi precioso hijo era el otro.

HARRY
Señor Diggory, como usted sabe, comprendo su empeño en dedicarle un homenaje a Cedric, pero...

AMOS
¿Un homenaje? No, ya no me interesa un homenaje. Soy un anciano, un anciano moribundo, y he venido a pedirte... a suplicarte... que me ayudes a recuperar a Cedric.

Harry levanta la cabeza, atónito.

HARRY
¿Recuperarlo? Eso es imposible, Amos.

AMOS
El ministerio tiene un giratiempo, ¿no es cierto?

HARRY
Todos los giratiempos se destruyeron.

AMOS
La razón por la que he venido con tanta urgencia es que me han llegado rumores, intensos rumores, de que el ministerio le ha confiscado un giratiempo ilegal a Theodore Nott y lo ha guardado para estudiarlo. Déjame utilizar ese giratiempo. Déjame recuperar a mi hijo.

Se produce una pausa larga y profunda. A Harry esta situación se le hace extremadamente difícil. Vemos a Albus acercarse y aguzar el oído.

HARRY

¿Jugar con el tiempo, Amos? Usted sabe que no podemos hacer eso.

AMOS

¿Cuántas personas han muerto por el niño que sobrevivió? Lo que te pido es que salves a una de ellas.

A Harry le duelen esas palabras. Piensa, y su rostro se ensombrece.

HARRY

No sé qué habrá oído por ahí, Amos, pero esa historia sobre Theodore Nott es una invención. Lo siento.

DELPHI

Hola.

Albus da un respingo cuando Delphi, una joven de veintitantos años, con aire decidido, aparece mirándolo desde la escalera.

DELPHI

Perdona. No quería asustarte. Yo también era especialista en escuchar desde las escaleras, ahí sentada, esperando a que alguien dijera algo mínimamente interesante.

ALBUS

¿Quién eres? Porque ésta... se supone que es mi casa y...

DELPHI

Una ladrona, ¿qué voy a ser? Estoy a punto de robarte todo lo que tienes. ¡Entrégame el oro, tu varita y tus ranas de chocolate! *(Le lanza una mirada feroz y luego sonríe.)* O soy eso, o Delphini Diggory. *(Sube unos escalones y extiende una mano.)* Delphi. Me encargo de cuidarlo a él, Amos, bueno, lo intento. *(Señala a Amos.)* ¿Y tú eres...?

ALBUS *(sonríe, compungido)*

Albus.

DELPHI

¡Claro! ¡Albus Potter! Entonces, ¿Harry es tu padre? Qué pasada, ¿no?

ALBUS

Pues no, la verdad.

DELPHI

Uy. ¿Ya he metido la pata? Por eso en el colegio se burlaban de mí. Me llamaban «No sé lo que digo» Diggory.

ALBUS

Con mi nombre también hacen todo tipo de bromas.

Pausa. Ella lo observa atentamente.

AMOS

¡Delphi!

Delphi hace ademán de irse, pero vacila. Sonríe a Albus.

DELPHI

No escogemos a nuestros parientes. Amos no sólo es mi paciente, también es mi tío, y una de las razones por las que acepté el empleo en Upper Flagley. Pero eso ha complicado las cosas. No es nada fácil convivir con personas que siguen atrapadas en el pasado, ¿verdad?

AMOS

¡Delphi!

ALBUS

¿Upper Flagley?

DELPHI

En la Residencia de Ancianos Saint Oswald para Magos y Brujas. Ven a vernos algún día. Si te apetece.

AMOS

¡Delphi!

Delphi sonríe y tropieza al bajar la escalera. Entra en la habitación donde están Amos y Harry. Albus la observa.

DELPHI

¿Me llamabas, tío?

AMOS

Te presento a quien fuera el gran Harry Potter, hoy convertido en un insensible funcionario del ministerio. Lo dejo en paz, señor. Si es que «paz» es la palabra adecuada. Mi silla, Delphi.

DELPHI
  Sí, tío.

Amos sale de la habitación en su silla de ruedas empujada por Delphi. Harry se queda con aire desconsolado. Albus sigue observando atentamente, pensativo.

Acto I. Escena 7.

Casa de Harry y Ginny Potter.
Habitación de Albus

Albus está sentado en la cama mientras, al otro lado de la puerta, la vida continúa. Su quietud contrasta con el constante movimiento de fuera. Se oye bramar a James (en off).

GINNY

Por favor, James, olvídate de tu pelo y ordena esa dichosa habitación.

JAMES

¿Cómo voy a olvidarme de mi pelo? ¡Se ha vuelto rosa! ¡Tendré que utilizar mi capa invisible!

James asoma la cabeza por la puerta. Tiene el pelo rosa.

GINNY

¡Tu padre no te regaló la capa para eso!

LILY

¿Alguien ha visto mi libro de Pociones?

GINNY

Lily Potter, ni se te ocurra ponerte eso mañana para ir al colegio.

Lily aparece en la puerta del cuarto de Albus. Lleva unas alas de hada que aletean.

LILY

Me encantan. Mira cómo aletean.

Se marcha cuando Harry aparece por la puerta y echa una ojeada.

HARRY

Hola.

Se produce una pausa incómoda. Aparece Ginny, ve lo que está pasando y se queda un momento en el umbral.

HARRY

Sólo vengo a traer un regalo de inicio de curso, bueno... más de uno. Ron te envía esto...

ALBUS

Vale. Un filtro de amor. Vale.

HARRY

Creo que es una broma sobre... no sé qué. A Lily le ha regalado unos gnomos pedorros, y a James un peine que ha hecho que se le ponga el pelo rosa. Ron es... Bueno, ya sabes cómo es Ron.

Harry deja el filtro de amor de Albus encima de la cama.

HARRY

Y también... Esto te lo regalo yo...

Saca una manta pequeña. Ginny la mira, ve que Harry está haciendo un esfuerzo y se marcha discretamente.

ALBUS

¿Una manta vieja?

HARRY

He pensado mucho antes de decidir qué te regalaría este año. A James... Bueno, James lleva toda la vida hablando de la capa invisible, y a Lily... sabía que las alas le encantarían. En cambio, a ti... Ya tienes catorce años, Albus, y quería regalarte algo que... algo que tuviera un significado. Esta manta... es lo último que tuve de mi madre. Lo único. Me entregaron a los Dursley envuelto en esta manta. Creía que se había perdido para siempre, pero entonces, cuando murió tu tía abuela Petunia, Dudley encontró esta manta escondida entre sus objetos personales, imagínate. Y tuvo el detalle de mandármela, y desde entonces... no sé, siempre que he necesitado suerte he ido a buscarla sólo para tenerla entre mis manos. He pensado que a lo mejor tú...

ALBUS

¿También querría tenerla entre mis manos? Vale. Hecho. Espero que me traiga buena suerte, porque voy a necesitarla.

Toca la manta.

ALBUS

Pero será mejor que te la quedes tú.

HARRY

Me parece... estoy convencido de que Petunia quería que la tuviera yo, y que por eso la conservó. Y ahora yo quiero dártela a ti. En realidad, yo no conocí a mi madre, pero creo que a ella también le habría gustado que te la quedaras tú. Y a lo mejor... yo podría ir a recogeros a ti y la manta el día de Halloween. Me gustaría tenerla conmigo la noche que mis padres murieron. Y a lo mejor nos haría bien a los dos.

ALBUS

Mira, todavía no he terminado de hacer el equipaje, y seguro que a ti te sale el trabajo del ministerio por las orejas, así que...

HARRY

Albus, quiero que te quedes la manta.

ALBUS

¿Y qué hago con ella? Las alas de hada tienen sentido, papá, y las capas invisibles también. Pero... ¿esto? ¿En serio?

Harry se queda un poco dolido. Mira a su hijo, ávido por conseguir comunicarse con él.

HARRY

¿Te ayudo con el equipaje? A mí me encantaba hacer las maletas. Significaba que me iba de Privet Drive y volvía a Hogwarts. Y eso era... Bueno, ya sé que a ti no te encanta el colegio, pero...

ALBUS

Para ti es el mejor sitio del mundo. Ya lo sé. El pobre huérfano, maltratado por sus tíos Dursley...

HARRY

Por favor, Albus. ¿No podríamos...?

ALBUS

...traumatizado por su primo Dudley, salvado por Hogwarts. Me lo sé de memoria, papá. Bla, bla, bla.

HARRY

No pienso morder el anzuelo, Albus Potter.

ALBUS

El pobre huérfano que nos salvó a todos. Así que, en nombre de la comunidad mágica... declaro lo agradecidos que estamos por tu heroísmo. ¿Tenemos que hacer una reverencia o bastará con una inclinación de cabeza?

HARRY

Por favor, Albus. Yo nunca he buscado que me lo agradezcan.

ALBUS

Y sin embargo, mira: yo reboso agradecimiento. Debe de ser por el amable obsequio de esta manta roñosa...

HARRY

¿Esta manta roñosa?

ALBUS

¿Qué te imaginabas que pasaría? ¿Que nos abrazaríamos? ¿Que te diría que siempre te he querido? ¿Qué? ¿Qué?

HARRY *(que acaba perdiendo los estribos)*

¿Sabes qué? Estoy harto de que me hagas responsable de tu infelicidad. Al menos tú tienes un padre. Porque yo no lo tuve, ¿te enteras?

ALBUS

¿Y lo consideras una desgracia? Pues yo no.

HARRY

¿Preferirías que estuviera muerto?

ALBUS

¡No! Sólo preferiría que no fueras mi padre.

HARRY *(furioso)*

Pues mira, a veces yo también preferiría que no fueras mi hijo.

Se produce un silencio. Albus asiente con la cabeza. Pausa. Harry se da cuenta de lo que acaba de decir.

HARRY

No, no quería decir eso...

ALBUS

Sí. Claro que sí.

HARRY

Es que me sacas de mis casillas, Albus.

ALBUS

Sí has querido decirlo, papá. Y la verdad es que no te lo reprocho.

Se produce una pausa tremenda.

ALBUS

Ahora será mejor que me dejes en paz.

HARRY

Por favor, Albus...

Albus agarra la manta y la arroja. La manta impacta contra el filtro de amor de Ron, que se derrama sobre la manta y la cama, produciendo una pequeña nube de humo.

ALBUS

Ya lo ves: para mí, ni amor, ni suerte.

Albus sale corriendo de la habitación. Harry va tras él.

HARRY

Albus. Por favor, Albus...

Acto I. Escena 8.

Sueño. Cabaña sobre la roca

Se oye una detonación y, a continuación, un gran estrépi-
to. Dudley Dursley, tía Petunia y tío Vernon están agaza-
pados detrás de una cama.

DUDLEY DURSLEY
Esto no me gusta nada, mamá.

TÍA PETUNIA
Ya sabía yo que venir aquí era un error. Vernon. ¡Vernon! No tenemos donde escondernos. ¡Ni siquiera un faro
está lo bastante lejos!

Se oye otra fuerte detonación.

TÍO VERNON
¡Tranquilos, tranquilos! Sea lo que sea, aquí no va a
entrar.

TÍA PETUNIA
¡Estamos perdidos! ¡Nos ha echado una maldición! ¡El
niño nos ha echado una maldición! *(Al ver a Harry.)* Tú
tienes la culpa de todo. Vuelve a meterte en tu agujero.

Harry Niño se retira, dolido, mientras tío Vernon empuña
su rifle.

TÍO VERNON
¡Quienquiera que esté ahí, le advierto que estoy armado!

Se oye un golpe violento, y la puerta se sale de los goznes.
Aparece Hagrid, que llena el umbral. Los mira a todos.

HAGRID
Podríamos prepararnos una taza de té, ¿verdad? No ha
sido un viaje fácil.

DUDLEY DURSLEY

¿Veis... lo mismo... que yo?

TÍO VERNON

¡Atrás! ¡Atrás! Ponte detrás de mí, Petunia. Detrás de mí, Dudley. Voy a echar de aquí a este mamarracho.

HAGRID

¿Mamaqué? *(Le quita el rifle a tío Vernon.)* Hacía tiempo que no veía ninguno como éste. *(Retuerce el cañón del rifle haciéndolo un nudo.)* ¡Uy, se me ha ido la mano! *(Y entonces algo lo distrae. Ha visto a Harry Niño.)* Harry Potter.

HARRY NIÑO

Hola.

HAGRID

La última vez que te vi eras sólo un bebé. Te pareces mucho a tu padre, pero tienes los ojos de tu madre.

HARRY NIÑO

¿Usted conoció a mis padres?

HAGRID

¡Vaya modales tengo! ¡Feliz cumpleaños! Aquí tengo una cosa para ti. Puede que me haya sentado encima en algún momento, pero sabrá bien.

Saca del interior de su abrigo un pastel de chocolate medio aplastado. Lleva escrito «Feliz cumpleaños, Harry» con letras de glaseado verde.

HARRY NIÑO

¿Quién es usted?

HAGRID *(riendo)*

Tienes razón, no me he presentado. Rubeus Hagrid, Guardián de las Llaves y los Terrenos de Hogwarts. *(Mira a su alrededor.)* ¿Qué hay de ese té? Aunque no diría que no a algo un poco más fuerte, si lo hay.

HARRY NIÑO

Hog... ¿qué?

HAGRID

Hogwarts. Ya debes de saberlo todo sobre Hogwarts, claro.

HARRY NIÑO

Pues... no. Lo siento.

HAGRID

¿Lo siento? ¡Son ellos los que tienen que disculparse! ¡Sabía que no estabas recibiendo las cartas, pero nunca pensé que pudieras no saber nada de Hogwarts, no te fastidia! ¿Nunca te has preguntado dónde lo aprendieron todo tus padres?

HARRY NIÑO

¿Aprender qué?

Hagrid se vuelve hacia tío Vernon, amenazante.

HAGRID

¿Me están diciendo que este muchacho, ¡este muchacho!, no sabe nada... de NADA?

TÍO VERNON

¡Le prohíbo contarle nada más al chico!

HARRY NIÑO

¿Contarme qué?

Hagrid mira a tío Vernon y luego a Harry Niño.

HAGRID

Harry, eres un mago. Todo cambió gracias a ti. Eres el mago más famoso del mundo.

Y entonces, del fondo de la sala surge un susurro que se extiende por todas partes. Unas palabras pronunciadas por una voz inconfundible. La voz de Voldemort.

Haaarry Pooottttter.

Acto I. Escena 9.

Casa de Harry y Ginny Potter. Dormitorio

Harry se despierta sobresaltado. Respira hondo en la oscuridad.

Espera un momento. Se tranquiliza. Y entonces nota un fuerte dolor en la frente. En la cicatriz. La magia oscura se mueve a su alrededor.

GINNY
Harry...

HARRY
No pasa nada. Duérmete.

GINNY
¡Lumos!

La luz de su varita ilumina la habitación. Harry mira a Ginny.

GINNY
¿Una pesadilla?

HARRY
Sí.

GINNY
¿Sobre qué?

HARRY
Los Dursley. Bueno, empezaba así, y luego se convertía en otra cosa.

Pausa. Ginny lo mira y trata de adivinar lo que pasa por su cabeza.

GINNY

¿Quieres una pócima somnífera?

HARRY

No. Estoy bien. Duérmete.

GINNY

Yo no te veo demasiado bien.

Harry no dice nada.

GINNY *(percibiendo su malestar)*
Seguro que no ha sido fácil. Lo de Amos Diggory.

HARRY

Su rabia la puedo encajar. Pero lo más duro es saber que tiene razón. Amos perdió a su hijo por mi culpa.

GINNY

Me parece que eres un poco injusto contigo mismo.

HARRY

...y no puedo decir nada. No puedo decirle nada a nadie. Y cuando hablo, meto la pata.

Ginny sabe a qué se refiere. O, mejor dicho, a quién.

GINNY

¿Por eso estás tan disgustado? Cuando alguien no quiere ir a Hogwarts, la última noche en casa no es agradable. Quisiste regalarle la manta a Al. La intención era buena.

HARRY

Sí, pero después lo he estropeado todo. Ginny, he dicho algunas cosas que...

GINNY

Ya lo sé.

HARRY

¿Y todavía me diriges la palabra?

GINNY

Sí, porque sé que, cuando llegue el momento, le pedirás perdón. Que no querías decir eso. Que lo que has dicho encubría otras cosas. Puedes ser sincero con él, Harry. Es lo único que necesita tu hijo.

HARRY

Ojalá se pareciera más a James o a Lily.

GINNY *(seca)*

Más vale que no seas tan sincero.

HARRY

No, si a él no le cambiaría nada. Pero a los otros los entiendo y...

GINNY

Albus es diferente, pero eso está bien, ¿no? Y se da cuenta cuando ejerces de Harry Potter. Lo que quiere es verte como eres de verdad.

HARRY

«La verdad es una cosa terrible y hermosa, y por lo tanto debe ser tratada con gran cuidado.»

Ginny lo mira, sorprendida.

HARRY

Dumbledore.

GINNY

Una frase un poco rara para decírsela a un niño.

HARRY

Salvo cuando crees que ese niño tendrá que morir para salvar el mundo.

Harry reprime un grito y se contiene para no tocarse la frente.

GINNY

Harry. ¿Qué te pasa?

HARRY

Nada. Estoy bien. Te haré caso. Intentaré ser...

GINNY

¿Te duele la cicatriz?

HARRY

No, no. Estoy bien. Va, apaga y durmamos un poco.

GINNY

Harry. ¿Cuánto tiempo llevabas sin que te doliera la cicatriz?

Harry mira a Ginny, y su cara lo dice todo.

HARRY

Veintidós años.

Acto I. Escena 10.

Expreso de Hogwarts

Albus camina deprisa por el tren.

ROSE
Albus, te estaba buscando...

ALBUS
¿A mí? ¿Por qué?

Rose no sabe cómo expresar lo que quiere decirle.

ROSE
Albus, vamos a empezar cuarto, es el comienzo de un nuevo curso y me gustaría que volviéramos a ser amigos.

ALBUS
Tú y yo nunca hemos sido amigos.

ROSE
¡Qué antipático! ¡Cuando yo tenía seis años eras mi mejor amigo!

ALBUS
Ha pasado mucho tiempo.

Hace ademán de irse, pero Rose tira de él y lo mete en un compartimento vacío.

ROSE
¿Has oído los rumores? Hace unos días hubo una gran redada del ministerio. Por lo visto, tu padre fue increíblemente valiente.

ALBUS
¿Por qué tú siempre te enteras de esas cosas y yo no?

ROSE

Se ve que el mago al que detuvieron, creo que se llama Theodore Nott, tenía toda clase de artefactos que violaban leyes de todo tipo, incluido, y por eso están tan contentos, un giratiempo ilegal. Y de los mejores, por cierto.

Albus mira a Rose, y todas las piezas encajan.

ALBUS

¿Un giratiempo? ¿Mi padre encontró un giratiempo?

ROSE

Sí. Lo sé. Impresionante, ¿verdad?

ALBUS

¿Estás segura?

ROSE

Completamente.

ALBUS

Me voy. Tengo que encontrar a Scorpius.

Sigue su camino. Rose va detrás de él, empeñada en decir lo que quería decir.

ROSE

¡Albus!

Albus se da la vuelta, decidido.

ALBUS

¿Quién te ha pedido que hables conmigo?

ROSE *(sobresaltada)*

De acuerdo, a lo mejor tu madre le envió un búho a mi padre. Pero lo hizo porque está preocupada por ti. Y a mí me parece que...

ALBUS

Déjame en paz, Rose.

Scorpius está sentado en su compartimento de siempre. Albus entra primero; Rose todavía va detrás de él.

SCORPIUS
¡Albus! Ah, hola, Rose. ¿A qué hueles?

ROSE
¿Cómo que a qué huelo?

SCORPIUS
No, si hueles bien, a una mezcla de flores frescas y pan... fresco.

ROSE
Albus, estoy aquí, ¿de acuerdo? Por si me necesitas.

SCORPIUS
Quiero decir a pan bueno, a pan recién hecho. ¿Qué tiene de malo el olor a pan?

Rose sale negando con la cabeza.

ROSE
¿¡Que qué tiene de malo el olor a pan!?

ALBUS
Te he buscado por todas partes...

SCORPIUS
Pues aquí me tienes. ¡Ta-chán! No me había escondido. Ya sabes que me gusta subir pronto al tren. Así, la gente no me mira. Ni me grita. Ni me escribe «hijo de Voldemort» en el baúl. Ésa no falla. No le caigo nada bien, ¿verdad?

Albus abraza a su amigo. Con fuerza. Se quedan un momento abrazados. Scorpius está sorprendido.

SCORPIUS
Vaya. Uf. Esto... ¿Nos habíamos abrazado alguna vez? ¿Ahora nos abrazamos?

Algo incómodos, los dos muchachos se separan.

ALBUS
Es que las últimas veinticuatro horas han sido un poco raras.

SCORPIUS
¿Qué ha pasado?

61

ALBUS

Luego te lo cuento. Antes tenemos que bajar de este tren.

Se oyen pitidos en off. El tren se pone en marcha.

SCORPIUS

Demasiado tarde. El tren ya ha arrancado. ¡Allá vamos, Hogwarts!

ALBUS

Pues entonces tendremos que bajar de un tren en marcha.

BRUJA DEL CARRITO DE LA COMIDA

¿Queréis algo del carrito, queridos?

Albus abre una ventana y se dispone a salir por ella.

SCORPIUS

De un tren mágico en marcha.

BRUJA DEL CARRITO DE LA COMIDA

¿Empanada de calabaza? ¿Pasteles en forma de caldero?

SCORPIUS

Albus Severus Potter, no me mires de esa forma tan rara.

ALBUS

Primera pregunta: ¿qué sabes del Torneo de los Tres Magos?

SCORPIUS *(feliz)*

¡Qué bien, examen oral! Tres colegios escogen a tres campeones que compiten en tres pruebas para disputarse una copa. ¿Y esto qué tiene que ver?

ALBUS

Eres un auténtico sabelotodo, ¿no es cierto?

SCORPIUS

Ajá.

ALBUS

Segunda pregunta: ¿por qué hace veinte años que no se celebra el Torneo de los Tres Magos?

SCORPIUS

En la última competición participaron tu padre y un chico llamado Cedric Diggory. Decidieron que ganarían los dos, pero la copa era un traslador, y los transportó ante Voldemort. Y a Cedric lo mataron. La competición se canceló de inmediato.

ALBUS

Muy bien. Tercera pregunta: ¿era necesario que mataran a Cedric? Pregunta fácil, respuesta fácil: no. Las palabras que dijo Voldemort fueron: «Mata al otro.» Al otro. Sólo murió porque estaba con mi padre, que no pudo salvarlo. Nosotros sí que podemos. Se cometió un error y vamos a repararlo. Vamos a utilizar un giratiempo. Vamos a recuperar a Cedric.

SCORPIUS

Albus, por razones obvias no soy un gran amante de los giratiempos...

ALBUS

Cuando Amos Diggory le pidió el giratiempo a mi padre, él negó su existencia. Mintió a un anciano que amaba a su hijo, que sólo quería recuperarlo. Lo hizo porque no le importaba, porque no le importa. Todos hablan de las proezas de mi padre. Pero también cometió errores. Y algunos, de hecho, fueron muy graves. Quiero reparar uno de esos errores. Quiero que salvemos a Cedric.

SCORPIUS

Vale, ya veo que lo que te mantenía en tu sano juicio se ha roto.

ALBUS

Voy a hacerlo, Scorpius. Necesito hacerlo. Y sabes tan bien como yo que, si no vienes conmigo, lo echaré todo a perder. Venga, vamos.

Sonríe. Y luego desaparece por la ventana. Scorpius titubea un momento. Esboza una mueca. Toma impulso y desaparece tras Albus.

Acto I. Escena 11.

Expreso de Hogwarts. Techo

Sopla el viento desde todos los ángulos, un viento muy muy fuerte.

SCORPIUS

Bien. Aquí estamos, en el techo de un tren, a toda velocidad, da miedo, ha sido fantástico, tengo la impresión de que he aprendido mucho sobre mí mismo, algo sobre ti, pero...

ALBUS

Según mis cálculos, no falta mucho para que lleguemos al viaducto, y desde allí será una breve caminata hasta la Residencia de Ancianos Saint Oswald para Magos y Brujas.

SCORPIUS

¿Qué? ¿Adónde? Mira, a mí también me entusiasma lo de ser rebelde por primera vez en la vida. Muy guay. El techo del tren. La diversión. Pero ahora... ¡no!

Scorpius ve algo que preferiría no ver.

ALBUS

El agua nos vendrá de perlas si falla el encantamiento del almohadón.

SCORPIUS

Albus. La bruja del carrito de la comida.

ALBUS

¿Quieres llevarte comida para el viaje?

SCORPIUS

No. Albus. Que la bruja del carrito de la comida viene hacia aquí.

ALBUS
No puede ser, estamos en el techo del tren.

Scorpius gira a Albus en la dirección correcta y vemos a la bruja del carrito de la comida, que se acerca con aire despreocupado, empujando su carrito.

BRUJA DEL CARRITO DE LA COMIDA
¿Os apetece algo del carrito, queridos? ¿Empanada de calabaza? ¿Ranas de chocolate? ¿Pasteles en forma de caldero?

ALBUS
Vaya.

BRUJA DEL CARRITO DE LA COMIDA
La gente sabe muy poco de mí. Me compran pasteles en forma de caldero, pero en realidad no se fijan en mí. No recuerdo la última vez que alguien me preguntó cómo me llamo.

ALBUS
¿Cómo se llama?

BRUJA DEL CARRITO DE LA COMIDA
Se me ha olvidado. Lo único que puedo deciros es que cuando se inauguró el expreso de Hogwarts, Ottaline Gambol en persona me ofreció este empleo.

SCORPIUS
De eso hace... ciento noventa años. ¿Lleva ciento noventa años haciendo este trabajo?

BRUJA DEL CARRITO DE LA COMIDA
Estas manos han preparado más de seis millones de empanadas de calabaza. Ya me salen bastante ricas. Pero lo que la gente no sabe de mis empanadas de calabaza es la facilidad con que se transforman en otra cosa...

Coge una empanada de calabaza. La lanza como si fuera una granada. Explota.

BRUJA DEL CARRITO DE LA COMIDA

Y no os vais a creer lo que soy capaz de hacer con mis ranas de chocolate. Nunca nunca he permitido que alguien se apeara de este tren antes de llegar a su destino. Algunos lo han intentado: Sirius Black y sus compinches, Fred y George Weasley... ¡PERO TODOS HAN FRACASADO, PORQUE A ESTE TREN NO LE GUSTA QUE LA GENTE SE APEE!

Las manos de la bruja del carrito de la comida se transforman en unos aguijones muy afilados. Sonríe.

BRUJA DEL CARRITO DE LA COMIDA

Así que haced el favor de volver a vuestros asientos y quedaros allí hasta el fin del viaje.

ALBUS

Tenías razón, Scorpius. Este tren es mágico.

SCORPIUS

En este preciso instante no me da ningún placer tener razón.

ALBUS

Pero yo también tenía razón. Con lo del viaducto. Eso de ahí abajo es agua: ha llegado el momento de probar el encantamiento del almohadón.

SCORPIUS

Albus, no es una buena idea.

ALBUS

¿No? *(Duda un instante, pero se da cuenta de que ya es tarde para dudar.)* Ya no hay tiempo. Tres. Dos. Uno. ¡Molliare!

Pronuncia el conjuro en pleno salto.

SCORPIUS

¡Albus! ¡Albus!

Mira hacia abajo buscando desesperado a su amigo. Mira a la bruja del carrito de la comida, que se acerca con el pelo alborotado y sus aguijones visiblemente afilados.

SCORPIUS

Mire, es usted muy divertida, pero tengo que seguir a mi amigo.

Se tapa la nariz y salta detrás de Albus, al tiempo que pronuncia el encantamiento.

SCORPIUS

¡Molliare!

Acto I. Escena 12.

Ministerio de Magia.
Gran sala de reuniones

El escenario está repleto de magos y brujas que hablan por los codos, armando mucho alboroto, como buenos magos y brujas. Entre ellos, Ginny, Draco y Ron. En un plano superior, encima de una tarima, Hermione y Harry.

HERMIONE

¡Orden! ¡Orden! ¿Voy a tener que usar un conjuro para imponer silencio? *(Usa la varita, y la gente se calla.)* Mejor así. Bienvenidos a esta asamblea extraordinaria. Me alegro mucho de que tantos de vosotros hayáis podido asistir. El mundo de los magos ya lleva muchos años viviendo en paz. Hace veintidós años que derrotamos a Voldemort en la Batalla de Hogwarts y me complace poder afirmar que una nueva generación está creciendo sin apenas haber conocido el menor conflicto. Hasta ahora. Harry.

HARRY

Los aliados de Voldemort han estado movilizándose en los últimos meses. Hemos detectado unos trols atravesando Europa, unos gigantes cruzando el mar, y los hombres lobo... bueno, lamento mucho decir que los perdimos de vista hace varias semanas. No sabemos adónde van ni quién los ha incitado a desplazarse, pero nos consta que se están desplazando y nos preocupa lo que podría significar. Por eso queremos preguntaros si habéis visto algo. Si habéis notado algo. Quien quiera hablar, que levante la varita. Profesora McGonagall... Gracias.

PROFESORA MCGONAGALL

Cuando volvimos de las vacaciones de verano, nos pareció que alguien había entrado en el almacén de las pociones, pero no faltaban grandes cantidades de ingredientes. Sólo un poco de piel de serpiente y algunos crisopos. No faltaba nada de la lista de productos de uso restringido, así que lo atribuimos a Peeves.

HERMIONE

Gracias, profesora. Lo investigaremos. *(Recorre la sala con la mirada.)* ¿Nadie más? Muy bien. Pero lo más grave, y esto no pasaba desde Voldemort, es que a Harry... vuelve a dolerle la cicatriz.

DRACO

Voldemort está muerto. Voldemort ya no existe.

HERMIONE

Sí, Draco, Voldemort está muerto, pero todos esos indicios nos llevan a pensar que existe la posibilidad de que Voldemort... o algún resto de Voldemort... haya vuelto.

Se oyen murmullos.

HARRY

Ya sé que esto no es fácil, pero hemos de preguntarlo para descartarlo. Aquellos de vosotros que lleváis la Marca Tenebrosa... ¿habéis notado algo? ¿Aunque sólo sea una punzada?

DRACO

¿Otra vez con prejuicios contra quienes llevamos la Marca Tenebrosa, Potter?

HERMIONE

No, Draco. Harry sólo intenta...

DRACO

¿Sabéis lo que pasa en realidad? Que Harry quiere que vuelva a aparecer su fotografía en los periódicos. Una vez al año, todos los años, *El Profeta* publica rumores sobre el regreso de Voldemort.

HARRY

¡Esos rumores no los he divulgado yo!

DRACO

¿Seguro? ¿Acaso tu mujer no es redactora de *El Profeta*?

Ginny se vuelve hacia él, indignada.

GINNY

¡De la sección de deportes!

HERMIONE

Draco, Harry informó de este asunto al ministerio, y yo, como ministra de Magia...

DRACO

Cargo que obtuviste únicamente por ser amiga suya...

Ron intenta abalanzarse sobre Draco, pero Ginny lo sujeta.

RON

¡Te estás ganando un puñetazo en la mandíbula!

DRACO

Admitidlo: su fama os afecta a todos. Y no hay mejor modo de conseguir que todo el mundo vuelva a susurrar el apellido Potter que eso de *(se pone a imitar a Harry)* «me duele la cicatriz, me duele la cicatriz». ¿Sabéis qué significa todo esto? Que los chismosos tendrán otra oportunidad de difamar a mi hijo con esos rumores absurdos sobre sus orígenes.

HARRY

Draco, nadie está diciendo que esto tenga nada que ver con Scorpius.

DRACO

Bueno, pues yo, por lo pronto, creo que esta reunión es una farsa. Y me marcho.

Abandona la sala. Otros empiezan a dispersarse también.

HERMIONE

No. Así no vamos a... Volved. Necesitamos una estrategia.

Acto I. Escena 13.

Residencia de Ancianos Saint Oswald para Magos y Brujas

Es el caos. Es pura magia. Estamos en la Residencia de Ancianos Saint Oswald para Magos y Brujas, el lugar más maravilloso que pueda imaginarse.

Los andadores cobran vida, los ovillos de lana encantados provocan el caos, y a los enfermeros los obligan a bailar el tango.

Todos estos magos y brujas se han liberado de la carga de tener que hacer magia con algún fin, y ahora la practican por pura diversión. Y se lo pasan en grande.

Albus y Scorpius entran y miran alrededor, divertidos y, por qué negarlo, un poco asustados.

ALBUS y SCORPIUS
Esto... Disculpe... Disculpe. ¡DISCULPE!

SCORPIUS
Vaya, este sitio es una locura.

ALBUS
Estamos buscando a Amos Diggory.

De repente se hace un silencio absoluto. Todo se queda quieto al instante. La algarabía desaparece.

MUJER CON OVILLO DE LANA
¿Y estos chicos, qué quieren de ese viejo desgraciado?

Delphi aparece con una sonrisa en los labios.

DELPHI
¿Albus? ¡Albus! ¡Has venido! ¡Qué maravilla! ¡Venid a saludar a Amos!

Acto I. Escena 14.

Residencia de Ancianos Saint Oswald para Magos y Brujas. Habitación de Amos

Amos, molesto, mira a Scorpius y a Albus. Delphi los observa a los tres.

AMOS

Veamos si lo he entendido bien. Oyes una conversación, una conversación que no deberías oír, y decides, sin que nadie te invite a hacerlo... es más, sin que nadie te dé permiso... decides entrometerte, y hasta el fondo, en los asuntos de otra persona.

ALBUS

Mi padre le mintió. Estoy seguro. Tienen un giratiempo.

AMOS

Eso ya lo sé. Y ahora ya podéis marcharos.

ALBUS

¿Cómo? No. Hemos venido a ayudar.

AMOS

¿Ayudar? ¿Y para qué me van a servir un par de adolescentes bajitos?

ALBUS

Mi padre demostró que para cambiar el mundo de los magos no hacía falta ser adulto.

AMOS

Así que debería dejarte intervenir porque eres un Potter, ¿no? Te amparas en la fama de tu apellido, ¿no es eso?

ALBUS

¡No!

AMOS

¿Un Potter en la casa de Slytherin? Sí, ya me he enterado. ¿Y que viene a visitarme con un Malfoy? ¿Un Malfoy que podría ser un Voldemort? ¿Quién me asegura que no andáis metidos en magia oscura?

ALBUS

Pero si...

AMOS

La información que me traes era obvia, pero confirmarla me es útil. Sí, tu padre me mintió. Ahora vete. Marchaos los dos. Y no me hagáis perder más tiempo.

ALBUS *(lleno de fuerza y energía)*

No, tiene que escucharme. Usted mismo lo dijo: mi padre tiene las manos manchadas de sangre. Déjeme cambiar eso. Déjeme ayudar a corregir uno de sus errores. Confíe en mí.

AMOS *(alzando la voz)*

¿No me has oído, muchacho? No veo ninguna razón para confiar en ti. Así que marchaos. Ahora mismo. Antes de que os eche a la fuerza.

Levanta su varita con actitud amenazadora. Albus la mira. Se desinfla. Amos lo ha decepcionado.

SCORPIUS

Vámonos, compañero. Si algo hacemos bien es darnos cuenta cuando no nos quieren.

Albus se resiste a marcharse. Scorpius le tira del brazo y Albus se da la vuelta; se van.

DELPHI

Tío Amos, a mí se me ocurre una razón por la que deberías confiar en ellos.

Los muchachos se detienen.

DELPHI

Son los únicos que te han ofrecido ayuda. Son valientes, están dispuestos a arriesgarse para devolverte a tu hijo. Es más, estoy convencida de que ya han corrido algún riesgo sólo para venir aquí.

AMOS

Estamos hablando de Cedric...

DELPHI

¿No dijiste que tener a alguien dentro de Hogwarts podría significar una ventaja enorme?

Delphi besa a Amos en la coronilla. Amos mira a Delphi y luego se vuelve y mira a los muchachos.

AMOS

¿Por qué? ¿Por qué quieres arriesgarte? ¿Qué ganas con eso?

ALBUS

Yo sé qué significa ser el otro. Su hijo no merecía que lo mataran, señor Diggory. Nosotros podemos ayudarlo a recuperarlo.

AMOS *(mostrando finalmente sus emociones)*

Mi hijo... Mi hijo era lo mejor que me había pasado en la vida. Y tienes razón: fue una injusticia, una injusticia tremenda. Si habláis en serio...

ALBUS

Muy en serio.

AMOS

Será peligroso.

ALBUS

Lo sabemos.

SCORPIUS

¿Lo sabemos?

AMOS

Delphi... si estuvieras dispuesta a acompañarlos...

DELPHI

Si te hace feliz, tío...

Sonríe a Albus y él le devuelve la sonrisa.

AMOS

¿Sois conscientes de que sólo para haceros con el gira-tiempo ya tendréis que jugaros la vida?

ALBUS

Estamos dispuestos a jugarnos la vida.

SCORPIUS

¿Lo estamos?

AMOS *(muy serio)*

Espero que tengáis lo que hay que tener.

Acto I. Escena 15.

Casa de Harry y Ginny Potter. Cocina

Harry, Ron, Hermione y Ginny están sentados a la mesa, comiendo.

HERMIONE

Ya se lo he explicado a Draco un montón de veces: en el ministerio nadie ha dicho nada sobre Scorpius. Los rumores no provienen de nosotros.

GINNY

Cuando falleció Astoria, escribí a Draco para ofrecerle nuestra ayuda. Pensé que, como es tan amigo de Albus, a lo mejor Scorpius quería venir a pasar una parte de las vacaciones de Navidad con nosotros. Mi búho regresó con una carta que contenía una sola frase: «Dile a tu marido que desmienta esas acusaciones contra mi hijo de una vez por todas.»

HERMIONE

Está obsesionado.

GINNY

Está destrozado. Destrozado por el dolor.

RON

Y yo lamento su pérdida, pero cuando acusa a Hermione de... *(Dirige la mirada a Harry.)* Bueno, como siempre le digo a ella: Ojitos tristes, seguro que no es nada.

HERMIONE

¿Cómo «a ella»?

RON

Puede que los trols hayan ido a una fiesta y los gigantes a una boda, que tus pesadillas se deban a que estás preocupado por Albus y que la cicatriz te duela sólo porque te estás haciendo viejo.

HARRY

¿Haciéndome viejo? Hombre, muchas gracias.

RON

En serio. Ahora, cada vez que me siento me sale un «¡uf!». Y los pies... los problemas que me dan los pies... Podría escribir canciones sobre mi dolor de pies. A lo mejor a ti te pasa lo mismo con la cicatriz.

GINNY

Dices muchas tonterías.

RON

Lo considero mi especialidad. Eso y mi Surtido Saltaclases. Y el gran amor que siento por todos vosotros, incluida mi hermanita Ginny.

GINNY

Si no te portas bien, Ronald Weasley, se lo diré a mamá.

RON

No te atreverás.

HERMIONE

Si alguna parte de Voldemort sobrevivió, de la forma que sea, debemos estar preparados. Tengo miedo.

GINNY

Yo también tengo miedo.

RON

A mí nada me da miedo. Excepto mamá.

HERMIONE

En serio, Harry. No voy a hacer lo mismo que Cornelius Fudge. No pienso hacer como el avestruz. Y no me importa que Draco Malfoy me odie.

RON

Bueno, a ti nunca te ha importado mucho caerle simpática a nadie, ¿no?

Hermione le lanza una mirada asesina a Ron e intenta darle una bofetada, pero Ron la esquiva.

RON

Has fallado.

Ginny sí acierta. Ron esboza una mueca de dolor.

RON

Me has dado. Y fuerte.

De pronto, entra un búho en la habitación. Baja en picado y deja caer una carta en el plato de Harry.

HERMIONE

¿No es un poco tarde para recibir búhos?

Harry abre la carta. Pone cara de sorpresa.

HARRY

Es de la profesora McGonagall.

GINNY

¿Y qué dice?

A Harry le cambia la cara.

HARRY

Es Albus, Ginny. Albus y Scorpius. No han llegado al colegio. Han desaparecido.

Acto I. Escena 16.

Whitehall. Sótano

Scorpius contempla una botella con los ojos entrecerrados.

SCORPIUS

¿Nos la bebemos y ya está?

ALBUS

Scorpius, ¿de verdad hace falta que te explique a ti, que eres un sabelotodo y un experto en pociones, los efectos de la poción multijugos? Gracias al excelente trabajo preliminar de Delphi, vamos a tomarnos esta poción y así nos transformaremos y podremos entrar en el Ministerio de Magia.

SCORPIUS

De acuerdo. Dos preguntas. La primera: ¿duele?

DELPHI

Mucho. Según tengo entendido.

SCORPIUS

Gracias. Es bueno saberlo. Segunda pregunta: ¿alguno de los dos puede decirme a qué sabe la poción multijugos? Porque he oído que sabe a pescado, y si es así, la vomitaré automáticamente. El pescado y yo no nos llevamos bien. Nunca lo hemos hecho y nunca lo haremos.

DELPHI

Nos damos por avisados. *(Se bebe la poción de un trago.)* No sabe a pescado. *(Empieza a transformarse. Le duele.)* De hecho, sabe bastante bien. Duele, pero... *(Suelta un fuerte eructo.)* Retiro lo dicho. Tiene un ligero... *(Vuelve a eructar, se convierte en Hermione.)* Un ligero, un fortísimo regusto a pescado.

ALBUS
Vale... ¡Uau!

SCORPIUS
¡Dos veces uau!

DELPHI/HERMIONE
Esto no es como yo me... ¡Si hasta tengo su voz! ¡Tres veces uau!

ALBUS
Muy bien. Me toca.

SCORPIUS
No. Ni hablar. Si hay que hacerlo *(se pone unas gafas muy reconocibles y sonríe)* hagámoslo... a la vez.

ALBUS
Tres. Dos. Uno.

Se beben la poción.

ALBUS
Pues está bien. *(Una sacudida de dolor.)* O no tanto.

Ambos empiezan a transformarse y lo pasan muy mal.

Albus se convierte en Ron, y Scorpius, en Harry.

Los dos se miran. Se produce un silencio.

ALBUS/RON
Me parece que esto va a ser un poco raro, ¿no?

SCORPIUS/HARRY *(muy teatral: está disfrutando)*
Vete a tu habitación. Vete ahora mismo a tu habitación. Eres un hijo malísimo, horroroso.

ALBUS/RON *(riendo)*
Scorpius...

SCORPIUS/HARRY *(se echa la túnica a la espalda)*
¡Lo de que yo fuera Harry y tú fueras Ron se te ocurrió a ti! Sólo quiero divertirme un rato antes de... *(Suelta un eructo ruidoso.)* Vale, esto es verdaderamente asqueroso.

ALBUS/RON

¿Sabes qué? Mi tío Ron lo disimula muy bien, pero está echando barriga.

DELPHI/HERMIONE

Deberíamos irnos, ¿no os parece?

Salen a la calle. Entran en una cabina telefónica. Marcan el 62442.

CABINA TELEFÓNICA

Bienvenido, Harry Potter. Bienvenida, Hermione Granger. Bienvenido, Ron Weasley.

Todos sonríen mientras la cabina telefónica se hunde en el suelo.

Acto I. Escena 17.

Ministerio de Magia. Sala de reuniones

Harry, Hermione, Ginny y Draco deambulan en una pequeña habitación.

DRACO

¿Hemos buscado bien junto a las vías?

HARRY

Mi departamento ya ha rastreado la zona, y está volviendo a rastrearla.

DRACO

¿Y la bruja del carrito de la comida no puede darnos algún detalle útil?

HERMIONE

La bruja del carrito de la comida está furiosa. No para de repetir que ha decepcionado a Ottaline Gambol. Estaba orgullosa de su historial de entregas a Hogwarts.

GINNY

¿Han denunciado los muggles algún caso de magia?

HERMIONE

De momento no. He puesto al corriente de lo ocurrido al primer ministro muggle, y ha abierto un expediente de lo que ellos llaman una *desapersonación*. Parece el nombre de un hechizo, pero no lo es.

DRACO

¿Así que ahora recurrimos a los muggles para buscar a nuestros hijos? ¿También les hemos contado lo de la cicatriz de Harry?

HERMIONE

Sólo les hemos pedido ayuda. Y quién sabe si la cicatriz de Harry tiene algo que ver con esto, pero nos vamos a tomar muy en serio esa posibilidad, desde luego. Nuestros aurores ya están investigando a todas las personas relacionadas con la magia oscura y...

DRACO

Esto no tiene nada que ver con los mortífagos.

HERMIONE

Yo no estaría tan segura.

DRACO

No es que esté seguro, es que estoy totalmente seguro. Con lo imbéciles que son los que todavía se dedican a la magia oscura... Mi hijo es un Malfoy. No se atreverían.

HARRY

A menos que haya algo nuevo ahí fuera, algo que...

GINNY

Estoy de acuerdo con Draco. Si esto es un secuestro, entiendo que se lleven a Albus, pero que se los lleven a los dos...

Harry y Ginny se miran a los ojos, y se hace evidente lo que ella espera que él diga.

DRACO

Pese a todos mis esfuerzos por inculcárselo, Scorpius nunca ha tenido espíritu de líder. De modo que no cabe duda de que fue Albus quien lo sacó de ese tren, y mi pregunta es: ¿adónde lo habrá llevado?

GINNY

Se han fugado, Harry, lo sabes igual que yo.

Draco se da cuenta de cómo se mira la pareja.

DRACO

¿En serio? ¿Lo sabéis? ¿Me estáis ocultando algo?

Se produce un silencio.

DRACO

Sea cual sea esa información, os recomiendo que me la reveléis ahora mismo.

HARRY

Anteayer, Albus y yo tuvimos una discusión.

DRACO

¿Y...?

Harry titubea y luego se atreve a mirar a los ojos a Draco.

HARRY

Y le dije que a veces preferiría que no fuese hijo mío.

Se produce otro silencio. Un silencio profundo y elocuente. Y entonces Draco da un paso hacia Harry, amenazante.

DRACO

Como le pase algo a Scorpius...

Ginny se interpone entre Draco y Harry.

GINNY

Por favor, Draco, no amenaces.

DRACO *(gritando)*

¡Mi hijo ha desaparecido!

GINNY *(gritando también)*

¡Y el mío también!

Draco la mira. El ambiente se llena de tensión.

DRACO *(con una mueca de desprecio, idéntico a su padre)*

Si necesitáis oro... Todo lo que tenemos los Malfoy... Él es mi... mi único heredero. No tengo más familia que él.

HERMIONE

El ministerio cuenta con abundantes reservas, Draco. Gracias.

Draco se dispone a marcharse. Se detiene. Mira a Harry.

DRACO

No me importa qué hiciste ni a quién salvaste. Eres una maldición constante para mi familia, Harry Potter.

Acto I. Escena 18.

Ministerio de Magia. Pasillo

SCORPIUS/HARRY
¿Seguro que está aquí?

Pasa un vigilante. Scorpius/Harry y Delphi/Hermione se esfuerzan en interpretar su papel.

SCORPIUS/HARRY
En efecto, señora ministra, considero que el ministerio debe sopesar seriamente este asunto.

VIGILANTE *(con una inclinación de cabeza)*
Señora ministra.

DELPHI/HERMIONE
Sí, sopesemos juntos.

El vigilante pasa de largo. Ambos suspiran con alivio.

DELPHI/HERMIONE
La idea de utilizar Veritaserum se le ocurrió a mi tío. Se lo pusimos en la bebida a un funcionario del ministerio que vino de visita. Nos contó que habían conservado el giratiempo y hasta nos dijo dónde lo habían guardado: en el despacho de la mismísima ministra de Magia.

Señala una puerta. De pronto oyen un ruido.

HERMIONE *(en off)*
Harry, tenemos que hablar de este asunto.

HARRY *(en off)*
No hay nada de qué hablar.

DELPHI/HERMIONE
Oh, no.

ALBUS/RON
    Hermione. Y papá.

El pánico es instantáneo y contagioso.

SCORPIUS/HARRY
    Vale. Escondites. No hay escondites. ¿Alguien sabe algún encantamiento de invisibilidad?

DELPHI/HERMIONE
    ¿Nos metemos... en su despacho?

ALBUS/RON
    Seguro que va a su despacho.

DELPHI/HERMIONE
    No hay ningún otro sitio.

Intenta abrir la puerta. Insiste.

HERMIONE *(en off)*
    Si no hablas de esto conmigo o con Ginny...

SCORPIUS/HARRY
    Apartaos. *¡Alohomora!*

Apunta a la puerta con la varita. La puerta se abre. Sonríe satisfecho.

SCORPIUS/HARRY
    No la dejes pasar, Albus. Tienes que hacerlo tú.

HARRY *(en off)*
    ¿Qué quieres que diga?

ALBUS/RON
    ¿Yo? ¿Por qué?

DELPHI/HERMIONE
    Nosotros dos no podemos. ¡Somos ellos!

HERMIONE *(en off)*
    Es evidente que te equivocaste al decirle eso, pero aquí entran en juego otros factores, además de...

ALBUS/RON
    Pero si yo no... no puedo...

Hay un pequeño barullo, y Albus/Ron acaba situándose ante la puerta mientras Hermione y Harry entran en escena.

HARRY

Agradezco tu interés, Hermione, pero no hace falta que...

HERMIONE

¿Ron?

ALBUS/RON

¡Sorpresa!

HERMIONE

¿Qué haces aquí?

ALBUS/RON

¿Qué pasa? ¿Desde cuándo necesito una excusa para ver a mi mujer?

Besa a Hermione con ímpetu.

HARRY

Tengo que irme...

HERMIONE

Harry. Lo que quiero decir es que no importa lo que opine Draco. Eso que le dijiste a Albus... Me parece que no nos conviene nada que sigas dándole vueltas.

ALBUS/RON

Ah, ¿te refieres a eso que dijo Harry de que a veces preferiría que yo... *(se corrige)* que Albus no fuera hijo suyo?

HERMIONE

¡Ron!

ALBUS/RON

No es bueno aguantarse, como digo yo siempre...

HERMIONE

Ya lo entenderá. Todos decimos alguna vez cosas que no queríamos decir. Y él lo sabe.

ALBUS/RON

Pero... ¿y si decimos cosas que sí queremos decir? ¿Qué pasa entonces?

HERMIONE
Francamente, Ron, no es el momento.

ALBUS/RON
Claro, no es el momento. Adiós, cariño.

Se queda mirándola, con la esperanza de que pase por delante de su despacho y siga andando. Ella, por supuesto, se detiene. Albus/Ron se apresura a impedirle el paso antes de que abra la puerta. Se interpone una vez, y una segunda vez, bamboleando las caderas.

HERMIONE
¿Por qué me impides entrar en mi despacho?

ALBUS/RON
No estoy... impidiéndote... nada.

Hermione intenta de nuevo abrir la puerta y él vuelve a impedírselo.

HERMIONE
Sí que lo estás haciendo. Déjame entrar, Ron.

ALBUS/RON
¡Tengamos otro bebé!

Hermione trata de colarse.

HERMIONE
¿Qué?

ALBUS/RON
Y si no quieres otro bebé, vámonos de vacaciones. Exijo un bebé o unas vacaciones, y no pienso renunciar. ¿Quieres que lo hablemos más tarde, cariño?

Hermione intenta entrar en el despacho una vez más, y él la besa para cerrarle el paso. Acaban forcejeando.

ALBUS/RON
¿Quizá mientras nos tomamos una copa en el Caldero Chorreante? Te quiero.

HERMIONE *(transigiendo)*

Como haya otra bomba fétida ahí dentro, no te salva ni Merlín. Bueno, de todas formas tenemos que ir a informar a los muggles.

Sale. Harry se va con ella.

Albus/Ron se vuelve hacia la puerta. Ella entra de nuevo, esta vez sola.

HERMIONE

¿Un bebé o unas vacaciones? A veces te pasas, ¿sabes?

ALBUS/RON

Por eso te casaste conmigo, ¿no? Porque soy pícaro y divertido.

Hermione vuelve a salir, y él empieza a abrir la puerta, pero la cierra de golpe al ver que ella regresa.

HERMIONE

Sabes a pescado. Te dije que no tocaras los bocadillos de palitos de pescado.

ALBUS/RON

Cuánta razón tienes.

Hermione se va. Él confirma que se ha marchado y resopla aliviado mientras abre por fin la puerta.

Acto I. Escena 19.

Ministerio de Magia.
Despacho de Hermione

Scorpius/Harry y Delphi/Hermione están en el despacho de Hermione. Albus/Ron entra y se deja caer en una silla, exhausto.

ALBUS/RON
Todo esto es rarísimo.

DELPHI/HERMIONE
Has estado impresionante. Un gran bloqueo.

SCORPIUS/HARRY
No sé si chocar esos cinco o reñirte por besar cinco mil veces a tu tía.

ALBUS/RON
Ron es un tipo muy cariñoso. Sólo intentaba distraerla, Scorpius. Y la he distraído.

SCORPIUS/HARRY
Y eso que ha dicho tu padre...

DELPHI/HERMIONE
Chicos. Ella volverá. No tenemos mucho tiempo.

ALBUS/RON *(a Scorpius/Harry)*
¿Lo has oído?

DELPHI/HERMIONE
¿Dónde escondería Hermione un giratiempo? *(Recorre la habitación con la mirada, ve la estantería.)* Registremos la estantería.

Empiezan a buscar. Scorpius/Harry mira a su amigo con preocupación.

SCORPIUS/HARRY

¿Por qué no me lo contaste?

ALBUS/RON

«Mi padre dice que preferiría que yo no fuera hijo suyo.» Qué gran manera de iniciar una conversación, ¿verdad?

Scorpius/Harry busca algo que decir.

SCORPIUS/HARRY

Yo sé que... esos rumores sobre... Voldemort son falsos... Pero a veces miro a mi padre y sé que está pensando: ¿cómo he producido algo así?

ALBUS/RON

Pues el mío es peor. Estoy convencido de que se pasa el día pensando: ¿cómo podría devolverlo?

Delphi/Hermione intenta empujar a Scorpius/Harry hacia la estantería.

DELPHI/HERMIONE

¿Qué tal si nos concentramos en lo que hemos venido a hacer?

SCORPIUS/HARRY

Lo que quiero decir es que... hay un motivo por el que somos amigos, Albus, un motivo por el que nos hemos encontrado, ¿me entiendes? Y sea cual sea el objetivo de esta aventura...

Entonces le llama la atención un libro que ve en un estante, y frunce el ceño.

SCORPIUS/HARRY

Un momento. ¿Os habéis fijado en los libros de las estanterías? En esta biblioteca hay libros muy serios. Libros prohibidos. Libros malditos.

ALBUS/RON

Cómo distraer a Scorpius de temas emocionales peliagudos: llevándolo a una biblioteca.

SCORPIUS/HARRY
Están todos los libros de la Sección Prohibida, y muchos más. *Historia del mal, Demonios del siglo xv, Sonetos del hechicero...* ¡ése ni siquiera está permitido en Hogwarts!

ALBUS/RON
Sombras y espíritus. Guía taumatúrgica de nigromancia.

DELPHI/HERMIONE
Son impresionantes, ¿verdad?

ALBUS/RON
La verdadera historia del fuego opalino. La maldición imperius *y cómo abusar de ella.*

SCORPIUS/HARRY
Y mirad éste. ¡Brutal! *Mis ojos y cómo ver más allá de ellos*, de Sybill Trelawney. ¡Un libro sobre adivinación! Pero ¡si Hermione Granger odia la adivinación! Es fascinante. Es todo un hallazgo...

Saca el libro del estante. El libro cae, se abre y habla.

EL LIBRO
La primera es la cuarta y está en delirio,
también en dedal, pero no en lirio.

SCORPIUS/HARRY
Vale. Un libro que habla. Un poco raro.

EL LIBRO
La segunda la comparten
el examen y el certamen.
Y con la tercera empiezan
la tortuga y la tormenta.

ALBUS/RON
Es un acertijo. Nos está recitando un acertijo.

EL LIBRO
Qué torpe sería no tenerlo en cuenta.

DELPHI/HERMIONE
¿Qué has hecho?

SCORPIUS/HARRY
Pues abrir un libro y leerlo. Una actividad que nunca, desde que habito este planeta, me había parecido especialmente peligrosa.

Los libros saltan de los estantes e intentan agarrar a Albus/Ron, que los esquiva por los pelos.

ALBUS/RON
¿Pero esto qué es?

DELPHI/HERMIONE
Le ha dado poderes defensivos. La biblioteca se defiende. El giratiempo debe de estar aquí. Si resolvemos el acertijo, lo encontraremos.

ALBUS/RON
La primera es la cuarta y está en delirio, también en dedal, pero no en lirio. La «de».

Los libros empiezan a intentar tragarse a Delphi/Hermione.

SCORPIUS/HARRY
La segunda la comparten el examen y el certamen.

DELPHI/HERMIONE *(muy emocionada)*
¡Men! ¡De-men... tor! Tenemos que buscar un libro sobre dementores. *(La estantería tira de ella.)* ¡Albus!

ALBUS/RON
¡Delphi! ¿Qué está pasando?

SCORPIUS/HARRY
Concéntrate, Albus. Haz lo que dice Delphi. Busca un libro sobre dementores y ten mucho cuidado.

ALBUS/RON
Aquí. *El dominio de los dementores: la verdadera historia de Azkaban.*

El libro sale volando, abierto, e intenta golpear a Scorpius/Harry, que tiene que agacharse. Se cae y choca contra la estantería, y ésta intenta devorarlo.

EL LIBRO
Nací en una jaula
pero la rompí con rabia
y el Gaunt que llevo dentro
me liberó del tormento
de ser un Ryddle mugriento.

ALBUS/RON
Voldemort.

Delphi se lanza a través de los libros. Vuelve a ser ella misma.

DELPHI
¡Daos prisa!

La estantería la atrapa de nuevo. Delphi grita.

ALBUS/RON
¡Delphi! ¡Delphi!

Intenta agarrarla de la mano, pero Delphi ha desaparecido.

SCORPIUS/HARRY
Volvía a ser ella, ¿te has fijado?

ALBUS/RON
¡No, porque estaba más ocupado tratando de impedir que la atacara una estantería! Busca algo. Algo sobre él.

Encuentra un libro.

ALBUS/RON
El heredero de Slytherin. ¿Qué te parece éste?

Saca el libro del estante, pero el libro se resiste. La estantería se traga a Albus/Ron.

SCORPIUS/HARRY
¿Albus? ¡Albus!

Pero Albus/Ron ha desaparecido.

SCORPIUS/HARRY
    Vale. No, ése no. Voldemort. Voldemort. Voldemort.

Repasa la estantería.

SCORPIUS/HARRY
    Sorvolo: la verdad. Debe de ser éste.

Lo abre. El libro se le escapa de las manos y de él salen una luz cegadora y una voz más grave que la de antes.

EL LIBRO
    Soy ese ser invisible.
    Soy tú y soy yo. Un eco imprevisible.
    A veces voy detrás, a veces delante.
    Siempre junto a ti, tu compañía constante.

Albus asoma entre los libros. Vuelve a ser él mismo.

SCORPIUS/HARRY
    Albus...

Intenta agarrarlo.

ALBUS
    ¡No! ¡Piensa!

La estantería tira de Albus con violencia y se lo traga.

SCORPIUS/HARRY
    Es que no puedo... Un eco imprevisible, ¿qué será? Lo único que se me da bien es pensar, y cuando más necesito pensar... ¡no puedo!

Los libros se lo tragan. No puede hacer nada. Es aterrador.

Se produce un silencio.

Y entonces... ¡BUM! Una lluvia de libros cae de la estantería y Scorpius reaparece. Aparta los libros a golpes.

SCORPIUS
    No. De eso nada. Sybill Trelawney. ¡No!

Mira alrededor, desanimado pero enérgico.

SCORPIUS

Esto no puede ser. ¿Albus? ¿Me oyes? Todo esto por un estúpido giratiempo. Piensa, Scorpius. Piensa.

Los libros intentan atraparlo.

SCORPIUS

Compañía constante... A veces detrás. A veces delante. Un momento. No había caído. Sombra. Eres una sombra. *Sombras y espíritus.* Debe de ser...

Trepa por la estantería, que se alza, de forma aterradora, para atraparlo con cada paso que da.

Scorpius agarra el libro del estante. El libro no se resiste y, de pronto, cesan el ruido y el caos.

SCORPIUS

¿Ya...?

Se oye un fuerte golpe. Albus y Delphi se precipitan desde lo alto de la estantería.

SCORPIUS

¡La hemos vencido! ¡Hemos vencido a la biblioteca!

ALBUS

Delphi, ¿estás...?

DELPHI

¡Uau! ¡Qué fuerte!

Albus se fija en el libro que Scorpius sostiene abrazado al pecho.

ALBUS

¿Ya está? Scorpius. ¿Qué hay en ese libro?

DELPHI

Creo que deberíamos averiguarlo, ¿no?

Scorpius abre el libro. Y en su interior, un giratiempo.

SCORPIUS

Hemos encontrado el giratiempo. No creía que llegaríamos tan lejos.

ALBUS

Y ahora que ya lo tenemos, compañero, el siguiente paso es salvar a Cedric. Nuestro viaje no ha hecho más que empezar.

SCORPIUS

No ha hecho más que empezar y casi nos mata. Bien. Esto pinta muy bien.

Los susurros aumentan hasta convertirse en un clamor. Y se hace la oscuridad.

ENTREACTO

Acto II. Escena 1.

Sueño. Privet Drive.
Alacena debajo de la escalera

TÍA PETUNIA

Harry. ¡Harry! Las cacerolas no están limpias. ¡Estas cacerolas son un desastre! ¡Harry Potter! ¡Despierta!

Harry Niño se despierta y ve a tía Petunia, inclinada sobre él.

HARRY NIÑO

Tía Petunia. ¿Qué hora es?

TÍA PETUNIA

Más tarde que pronto. Mira, cuando aceptamos acogerte, nos propusimos educarte, mejorarte, hacer de ti un ser humano decente. Así que supongo que no podemos echarle la culpa a nadie más porque hayas resultado... una triste decepción.

HARRY NIÑO

Yo lo intento...

TÍA PETUNIA

Pero con intentarlo no basta, ¿verdad que no? Los vasos están sucios. Hay restos de comida en las ollas. Levántate, ve a la cocina y ponte a fregar.

Harry Niño se levanta de la cama. Tiene una mancha húmeda en la parte de atrás del pantalón.

TÍA PETUNIA

Oh, no. ¡Oh, no! Pero ¿qué has hecho? ¡Has vuelto a mojar la cama!

Tía Petunia retira las sábanas.

TÍA PETUNIA

Esto es inaceptable.

HARRY NIÑO

Lo siento. Me parece que he tenido una pesadilla...

TÍA PETUNIA

Eres un cochino. Sólo los animales se lo hacen encima. Los animales y los niños cochinos.

HARRY NIÑO

Era una pesadilla sobre mis padres. Me parece que los veía... que los veía... ¿morir?

TÍA PETUNIA

¿Y por qué iba a interesarme eso lo más mínimo?

HARRY NIÑO

Había un hombre que gritaba... Adkava... Vakrava... o algo así. Y se oía el siseo de una serpiente. Y también oía gritar a mi madre.

Tía Petunia se toma un momento para recomponerse.

TÍA PETUNIA

Si de verdad hubieras revivido su muerte, no habrías oído más que el chirrido de unos frenos y un golpazo tremendo. Tus padres murieron en un accidente de coche. Ya lo sabes. Dudo mucho que tu madre tuviera tiempo ni de gritar. Mejor ahorrarte los detalles. Y ahora, quita esas sábanas de la cama, ve a la cocina y ponte a fregar. No quiero tener que repetírtelo.

Se va, dando un portazo.

Y Harry Niño se queda con las sábanas en los brazos.

Y el escenario se transforma, y surgen unos árboles a medida que el sueño se convierte en algo completamente diferente.

De pronto aparece Albus, que se queda mirando a Harry Niño.

Y entonces, del fondo de la sala surge un susurro en pársel que se extiende por todas partes.

Ya viene. Ya viene.

Unas palabras pronunciadas por una voz inconfundible. La voz de Voldemort.

Haaarry Pooottttter.

Acto II. Escena 2.

Casa de Harry y Ginny Potter. Escalera

Harry se despierta en la oscuridad, jadeando. Su agotamiento es palpable, su miedo, abrumador.

HARRY
¡Lumos!

Entra Ginny, sorprendida por la luz.

GINNY
¿Qué pasa?

HARRY
Estaba durmiendo.

GINNY
Sí, claro.

HARRY
Ya veo que tú no. ¿Se sabe algo? ¿Ha llegado algún búho o...?

GINNY
No, nada.

HARRY
Estaba soñando que... estaba debajo de la escalera, y de pronto lo oí. A Voldemort. Con toda claridad...

GINNY
¿Voldemort?

HARRY
Y luego vi a Albus. Vestido de rojo. Con la túnica de Durmstrang.

GINNY

¿Con la túnica de Durmstrang?

Harry piensa.

HARRY

Ginny, me parece que ya sé dónde está.

Acto II. Escena 3.

Hogwarts. Despacho de la directora

Harry y Ginny, de pie, en el despacho de la profesora Mc-Gonagall.

PROFESORA MCGONAGALL
¿Y no sabemos en qué parte del Bosque Prohibido?

HARRY
Hacía años que no tenía un sueño así. Pero Albus estaba allí. Estoy seguro.

GINNY
Tenemos que organizar una batida cuanto antes.

PROFESORA MCGONAGALL
Podéis llevaros al profesor Longbottom. Sus conocimientos sobre plantas podrían ser útiles y...

De pronto se oye un estruendo en la chimenea. La profesora McGonagall mira hacia allí, intrigada. Hermione sale por la chimenea dando una voltereta.

HERMIONE
¿Es verdad? ¿Puedo ayudar?

PROFESORA MCGONAGALL
Señora ministra, no esperaba...

GINNY
Lo siento, es culpa mía. Los convencí de que sacaran una edición urgente de *El Profeta*. Para pedir voluntarios.

PROFESORA MCGONAGALL
De acuerdo. Una decisión muy sensata. Imagino que se presentarán... unos cuantos.

Irrumpe Ron, cubierto de hollín. Lleva puesta sobre el pecho una servilleta manchada de salsa de carne.

RON

¿Me he perdido algo? No sabía a qué Flu tenía que ir. He acabado en la cocina, no sé cómo. *(Hermione lo reprende con la mirada mientras él se quita la servilleta.)* ¿Qué pasa?

De pronto se oye otro estruendo en la chimenea y Draco sale rodando en medio de una cascada de polvo y hollín.

Todos lo miran sorprendidos. Draco se levanta y se sacude la ropa.

DRACO

Siento haberte ensuciado el suelo, Minerva.

PROFESORA MCGONAGALL

Supongo que es culpa mía por tener chimenea.

HARRY

Qué sorpresa, Draco. Tenía entendido que no creías en mis sueños.

DRACO

No creo en tus sueños, pero sí en tu buena suerte. Harry Potter siempre está donde está la acción. Y yo necesito recuperar a mi hijo sano y salvo.

GINNY

Entonces, vayamos al Bosque Prohibido y encontrémoslos.

Acto II. Escena 4.

Linde del Bosque Prohibido

Albus y Delphi, frente a frente, empuñan sus varitas.

ALBUS
  ¡Expelliarmus!

La varita de Delphi sale despedida.

DELPHI
  Cuánto has mejorado. Se te da muy bien.

Recupera su varita. Le habla con voz acaramelada.

DELPHI
  Desde luego, sabes cómo desarmar a una chica.

ALBUS
  ¡Expelliarmus!

La varita de Delphi vuela otra vez hasta él.

DELPHI
  ¡Éste te ha salido perfecto!

Entrechocan las palmas.

ALBUS
  Nunca se me han dado bien los hechizos.

Scorpius aparece en el fondo del escenario. Mira a su amigo. Por una parte le gusta verlo hablando con una chica, y por otra, no.

DELPHI
  Yo era un desastre, hasta que de repente lo capté. A ti te pasará lo mismo, ya lo verás. Tampoco es que me haya convertido en una superbruja, ni nada parecido,

pero... Creo que llegarás a ser un buen mago, Albus Potter.

ALBUS

Pues entonces deberías quedarte conmigo y enseñarme más cosas.

DELPHI

Por supuesto que me quedaré. Somos amigos, ¿no?

ALBUS

Sí, sí. Claro que somos amigos. Claro que sí.

DELPHI

Genial. ¡Un magazo!

SCORPIUS

¿Por qué un magazo?

Scorpius va hacia ellos con paso decidido.

ALBUS

He dominado el hechizo. Bueno, era un hechizo bastante fácil, pero el caso es que lo he dominado.

SCORPIUS *(con entusiasmo exagerado, en un intento de sumarse a ellos)*

Y yo he descubierto cómo llegar al colegio. Pero... ¿estáis seguros de que esto saldrá bien?

DELPHI

¡Sí!

ALBUS

Es un plan excelente. La clave para que Cedric no muera es impedir que gane el Torneo de los Tres Magos. Si no lo gana, no pueden matarlo.

SCORPIUS

Sí, eso ya lo entiendo, pero...

ALBUS

Lo único que tenemos que hacer es fastidiarle al máximo sus opciones en la primera prueba, que consiste en robarle un huevo de oro a un dragón. Veamos, ¿cómo distrajo Cedric al dragón?

Delphi levanta la mano. Albus sonríe y la señala. Cada vez hay más complicidad entre ellos dos.

ALBUS
¿Diggory?

DELPHI
Transformando una piedra en un perro.

ALBUS
Pues con un poco de *expelliarmus* ya no podrá hacerlo.

A Scorpius no le hace ninguna gracia la actuación a dúo de Delphi y Albus.

SCORPIUS
De acuerdo. Dos cosas. Primera: ¿estamos seguros de que el dragón no lo matará?

DELPHI
Contigo siempre son dos cosas, ¿no? Claro que no lo matará. Estamos hablando de Hogwarts. No permitirán que le pase nada malo a ninguno de los campeones.

SCORPIUS
De acuerdo. Segunda cosa, más importante: vamos a retroceder varios años y no sabemos si podremos regresar. Es muy emocionante, pero tal vez deberíamos ensayar antes. Retroceder una hora, por ejemplo, y luego...

DELPHI
Lo siento, Scorpius, no hay tiempo que perder. Esperar aquí, tan cerca del colegio, es demasiado peligroso. Estoy segura de que os estarán buscando y...

ALBUS
Tiene razón.

DELPHI
Bueno, tendréis que poneros esto.

Saca dos grandes bolsas de papel, de las que los mucha-chos extraen sendas túnicas.

ALBUS
Pero si son túnicas de Durmstrang.

DELPHI
Fue idea de mi tío. Si llevarais túnicas de Hogwarts, a la gente le sorprendería no saber quiénes sois. Pero en el Torneo de los Tres Magos compiten dos colegios más, y si lleváis la túnica de Durmstrang... bueno, os será más fácil pasar inadvertidos, ¿no?

ALBUS
¡Bien pensado! Espera, ¿y dónde está tu túnica?

DELPHI
Me lo tomo como un halago, Albus, pero no creo que pueda hacerme pasar por una alumna, ¿no te parece? Yo me quedaré en segundo plano, intentaré hacerme pasar por... no sé, domadora de dragones. De todas formas, de los hechizos os vais a encargar vosotros.

Scorpius mira a Delphi y luego a Albus.

SCORPIUS
No deberías venir.

DELPHI
¿Cómo dices?

SCORPIUS
Tienes razón. No te necesitamos para lanzar el hechizo. Y si no puedes llevar una túnica de estudiante, el riesgo es demasiado grande. Lo siento, Delphi, pero debes quedarte.

DELPHI
Tengo que ir. Es mi primo. ¿Tú qué opinas, Albus?

ALBUS
Creo que Scorpius tiene razón. Lo siento.

DELPHI
¿Cómo?

ALBUS

No fallaremos.

DELPHI

Pero sin mí... no podréis hacer funcionar el giratiempo.

SCORPIUS

Ya nos has enseñado cómo funciona.

Delphi está muy disgustada.

DELPHI

No. No lo voy a permitir.

ALBUS

Le pediste a tu tío que confiara en nosotros. Ahora te toca a ti. Ya estamos cerca del colegio. Deberíamos dejarte aquí.

Delphi los mira, inspira hondo, hace un gesto afirmativo con la cabeza y sonríe.

DELPHI

Vale, id vosotros. Pero recordad esto: hoy tenéis una oportunidad que a muy pocos se les presenta. Hoy tenéis la oportunidad de cambiar el curso de la historia, de alterar el tiempo. Pero, sobre todo, hoy tenéis la oportunidad de devolverle su hijo a un anciano.

Sonríe. Mira a Albus. Se inclina y lo besa con suavidad en las mejillas.

Echa a andar y se adentra en el bosque. Albus se queda mirándola.

SCORPIUS

Para mí no hay besos, ¿te has fijado? *(Mira a su amigo.)* ¿Te encuentras bien, Albus? Te veo un poco pálido. Y colorado. Pálido y colorado a la vez.

ALBUS

Venga, vamos.

Acto II. Escena 5.

Bosque Prohibido

Parece que el bosque se vuelve más grande y más denso, y entre los árboles hay gente que rastrea el terreno buscando a los magos desaparecidos. Pero poco a poco van dispersándose, hasta que Harry se queda solo.

Oye algo. Se vuelve hacia la derecha.

HARRY
¡Albus! ¡Scorpius! ¡Albus!

Entonces oye ruido de cascos y se sobresalta. Mira alrededor tratando de averiguar de dónde procede el ruido.

De pronto, Bane sale a la luz. Es un centauro magnífico.

BANE
Harry Potter.

HARRY
Vaya, veo que todavía me reconoces, Bane.

BANE
Ya eres un hombre.

HARRY
Sí.

BANE
Pero no eres más sabio. Puesto que has allanado nuestro territorio.

HARRY
Siempre he respetado a los centauros. No somos enemigos. Luchasteis valerosamente en la Batalla de Hogwarts. Y yo combatí a vuestro lado.

BANE

Hice lo que debía. Pero lo hice por mi manada, y por nuestro honor. No lo hice por vosotros. Y después de la batalla se estableció que el bosque era territorio de los centauros, y si estás en nuestro territorio sin permiso, eres nuestro enemigo.

HARRY

Mi hijo ha desaparecido, Bane. Necesito ayuda para encontrarlo.

BANE

¿Y está aquí? ¿En nuestro bosque?

HARRY

Sí.

BANE

Entonces es tan necio como tú.

HARRY

¿Puedes ayudarme, Bane?

Hay una pausa. Bane mira a Harry con arrogancia.

BANE

Sólo puedo decirte lo que sé. Pero no te lo diré por tu bien, sino por el de mi manada. A los centauros no nos conviene que haya otra guerra.

HARRY

A nosotros tampoco. ¿Qué sabes?

BANE

He visto a tu hijo, Harry Potter. Lo he visto en los movimientos de los astros.

HARRY

¿Lo has visto en las estrellas?

BANE

No sé decirte dónde está. Ni cómo encontrarlo.

HARRY

Pero... ¿has visto algo? ¿Has vaticinado algo?

BANE

Hay una nube negra alrededor de tu hijo, una peligrosa nube negra.

HARRY

¿Alrededor de Albus?

BANE

Una nube negra que nos pone en peligro a todos. Encontrarás a tu hijo, Harry Potter, pero después podrías perderlo para siempre.

Hace un ruido similar al relincho de un caballo y se aleja con brío, dejando a Harry perplejo.

Harry se pone a buscar de nuevo, todavía con más ahínco.

HARRY

¡Albus! ¡Albus!

Acto II. Escena 6.

Linde del Bosque Prohibido

Scorpius y Albus doblan un recodo y se encuentran con una abertura entre los árboles.

Una abertura por la que se ve una luz espléndida.

SCORPIUS
Ahí está...

ALBUS
Hogwarts. Nunca lo había visto desde esta perspectiva.

SCORPIUS
Todavía te estremeces de emoción, ¿verdad? Cuando lo ves.

Entre los árboles se revela Hogwarts, una masa impresionante de torres y edificios superpuestos.

SCORPIUS
Desde que lo oí nombrar por primera vez, me moría de ganas de ir. Bueno, a mi padre no le gustaba mucho, pero, a pesar de eso, la forma en que lo describía... Desde los diez años, yo revisaba *El Profeta* todos los días, a primera hora de la mañana, convencido de que había ocurrido alguna tragedia en Hogwarts y de que ya nunca podría estudiar allí.

ALBUS
Y entonces fuiste y al final resultó ser espantoso.

SCORPIUS
No para mí.

Albus mira a su amigo con asombro.

SCORPIUS

Yo sólo quería ir a Hogwarts y tener un amigo con el que armar lío. Igual que Harry Potter. Y conocí a su hijo. ¿Se puede tener mejor suerte?

ALBUS

Pero yo no me parezco en nada a mi padre.

SCORPIUS

Eres mejor. Eres mi mejor amigo, Albus. Y esto es un lío a la enésima potencia. Y es genial, supergenial, sólo que... Tengo que decirlo... No me importa admitirlo: estoy un poco, sólo un poco... asustado.

Albus mira a Scorpius y sonríe.

ALBUS

Tú también eres mi mejor amigo. Y no te preocupes: tengo el presentimiento de que todo saldrá bien.

Oímos la voz de Ron en off. Es evidente que anda cerca.

RON

¿Albus? ¡Albus!

Albus se vuelve hacia la voz, asustado.

ALBUS

Pero tenemos que irnos... ahora mismo.

Albus le quita el giratiempo a Scorpius, presiona sobre él con la mano y el giratiempo empieza a vibrar, desencadenando una tormenta de movimiento.

Entonces, el escenario empieza a transformarse. Los dos muchachos se quedan mirando.

Y enseguida hay un gigantesco destello de luz, acompañado de un gran estruendo.

El tiempo se detiene. Se da la vuelta, piensa un instante y empieza a girar hacia atrás.

Al principio, lentamente. Después, cada vez más rápido.

Acto II. Escena 7.

Torneo de los Tres Magos. Linde del Bosque Prohibido. 1994

De pronto hay un gran alboroto y una multitud engulle a Albus y a Scorpius.

Aparece en escena el mejor showman *del planeta (según él, claro), que utiliza el hechizo* sonorus *para amplificar su voz. Y... bueno, se lo está pasando en grande.*

LUDO BAGMAN
 ¡Damas y caballeros, niños y niñas, bienvenidos al formidable... al extraordinario... al incomparable TORNEO DE LOS TRES MAGOS!

Se oye una fuerte ovación.

LUDO BAGMAN
 Los de Hogwarts, gritad conmigo: ¡hurra!

Se oye una fuerte ovación.

LUDO BAGMAN
 Los de Durmstrang, gritad conmigo: ¡hurra!

Se oye una fuerte ovación.

LUDO BAGMAN
 LOS DE BEAUXBATONS, GRITAD CONMIGO: ¡HURRA!

Un tímido aplauso.

LUDO BAGMAN
 Bueno, parece que los franceses no son tan entusiastas.

SCORPIUS *(sonriente)*
 Ha funcionado. Ése es Ludo Bagman.

LUDO BAGMAN

¡Aquí están! Damas y caballeros... niños y niñas... con ustedes... el motivo por el que nos hemos reunido hoy aquí: ¡LOS CAMPEONES! Representando a Durmstrang, ¡qué cejas, qué porte, qué muchacho! No hay maniobra que él no intente con la escoba. Es... ¡Viktor Krum! ¡La Fiera!

SCORPIUS Y ALBUS *(ya muy metidos en el papel de alumnos de Durmstrang)*

¡Vamos, Fiera Krum! ¡Vamos!

LUDO BAGMAN

De la Academia Beauxbatons, *zut alors!* ¡Fleur Delacour!

Se oyen unos aplausos comedidos.

LUDO BAGMAN

Y de Hogwarts, no un alumno sino dos. Uno hace que a todos se nos aflojen las piernas: es... ¡Cedric Diggory! ¡El Exquisito!

El público enloquece.

LUDO BAGMAN

Y por último, el otro. Conocido como «El niño que sobrevivió», aunque yo lo llamo «El niño que no se cansa de sorprendernos a todos»...

ALBUS

Ése es mi padre.

LUDO BAGMAN

¡Harry Potter, el Intrépido!

El público aplaude. Sobre todo, una chica de aspecto nervioso que está en las últimas filas: es Hermione Joven (interpretada por la misma actriz que interpreta a Rose). Queda claro que los aplausos que le dedican a Harry no son tan entusiastas como los que le han dedicado a Cedric.

LUDO BAGMAN

Y ahora silencio, por favor. Va a comenzar la primera prueba, que consistirá en sustraer un huevo de oro de un nido de... Damas y caballeros, niños y niñas, presten atención... ¡DRAGONES! Y para controlar a los dragones contamos con ¡CHARLIE WEASLEY!

Más aplausos.

HERMIONE JOVEN
Si vas a ponerte tan cerca de mí, te agradecería que no me echaras el aliento encima.

SCORPIUS
¿Rose? ¿Qué haces tú aquí?

HERMIONE JOVEN
¿Quién es Rose? ¿Y qué le ha pasado a tu acento?

ALBUS *(fingiendo un acento raro)*
Lo siento, Hermione. Te ha confundido con otra persona.

HERMIONE JOVEN
¿Y tú cómo sabes mi nombre?

LUDO BAGMAN
Y sin más demora, ¡que salga nuestro primer campeón! Con todos ustedes... ¡CEDRIC DIGGORY, que se enfrentará a un hocicorto sueco!

El rugido de un dragón distrae a Hermione Joven, y Albus prepara su varita.

LUDO BAGMAN
Cedric Diggory ha entrado en el recinto. Se lo ve preparado. Asustado, pero preparado. Esquiva por aquí, esquiva por allá. Las chicas suspiran cuando logra escabullirse. Todas chillan a la vez: ¡No le haga daño a nuestro Diggory, señor Dragón!

Scorpius parece preocupado.

SCORPIUS
Albus, algo va mal. El giratiempo. Está temblando.

Empieza a sonar un tictac. Un tictac incesante, peligroso. Lo emite el giratiempo.

LUDO BAGMAN

Cedric amaga por la izquierda y se lanza hacia la derecha. Y enarbola su varita... ¿Qué sorpresa tendrá guardada en la manga este joven apuesto y valeroso?

ALBUS *(apuntando con su varita)*
¡Expelliarmus!

La varita de Cedric sale volando y va a parar a la mano de Albus.

LUDO BAGMAN

Pero... ¡no! ¿Qué es esto? ¿Es magia oscura, o algo completamente distinto? Cedric Diggory está desarmado.

SCORPIUS

Albus, me parece que el giratiempo... Algo va mal.

El tictac del giratiempo suena cada vez más fuerte.

LUDO BAGMAN

Diggors está en apuros. Esto podría significar el final de la prueba para él. El final del torneo.

Scorpius agarra a Albus.

El tictac va en aumento, y hay un destello.

Y el tiempo vuelve al presente, donde vemos a Albus gritar de dolor.

SCORPIUS

¡Albus! ¿Te has hecho daño? Albus, ¿estás...?

ALBUS

¿Qué ha pasado?

SCORPIUS

Debe de haber algún límite. El giratiempo debe de tener algún límite de tiempo.

ALBUS

¿Crees que lo hemos logrado? ¿Crees que hemos cambiado algo?

De pronto, Harry, Ron (que ahora se peina con raya al lado y cuya forma de vestir se ha vuelto más seria), Ginny y Draco invaden el escenario por todos lados. Scorpius los mira a todos y se guarda con disimulo el giratiempo en el bolsillo. Albus los mira sin comprender; siente un fuerte dolor.

RON
Ya os lo dije. Os dije que los había visto.

SCORPIUS
Me parece que estamos a punto de averiguarlo.

ALBUS
Hola, papá. ¿Pasa algo?

Harry mira a su hijo con cara de incredulidad.

HARRY
Sí, podríamos decir que sí.

Albus se desploma. Harry y Ginny se apresuran a socorrerlo.

Acto II. Escena 8.

Hogwarts. Enfermería

Albus está dormido en una cama de la enfermería. Harry está sentado a su lado con cara de preocupación. En la pared hay un retrato de un hombre de rostro bondadoso que también parece preocupado. Harry se frota los ojos, se levanta y se pasea por la habitación. Se despereza.

Y entonces mira al hombre del cuadro. Que se sobresalta al ser descubierto. Harry también se sobresalta.

HARRY
Profesor Dumbledore.

DUMBLEDORE
Buenas noches, Harry.

HARRY
Lo echaba de menos. Últimamente, todas las veces que he entrado en el despacho de la directora su marco estaba vacío.

DUMBLEDORE
Ah, bueno, es que me gusta pasarme de vez en cuando por mis otros retratos. *(Mira a Albus.)* ¿Se pondrá bien?

HARRY
Lleva veinticuatro horas durmiendo, sobre todo para que la señora Pomfrey pudiera recomponerle el brazo. Dice que tenía una fractura muy rara, como si se lo hubiera roto hace veinte años y se hubiera colocado en el ángulo «más desfavorable posible». Dice que se curará.

DUMBLEDORE
Será difícil, me imagino, ver sufrir a tu hijo.

Harry mira a Dumbledore y luego a Albus.

HARRY

Nunca le he preguntado qué le pareció que le pusiera su nombre...

DUMBLEDORE

Con franqueza, Harry, me pareció que era cargar al pobre niño con un gran peso.

HARRY

Necesito su ayuda. Necesito su consejo. Bane dice que Albus está en peligro. ¿Cómo protejo a mi hijo, Dumbledore?

DUMBLEDORE

¿Y me preguntas a mí, precisamente a mí, cómo proteger a un muchacho que corre un grave peligro? No podemos proteger a los jóvenes de todo daño. Es inevitable que conozcan el dolor.

HARRY

¿Y entonces qué hago? ¿Me quedo mirando?

DUMBLEDORE

No. Tienes que enseñarle a afrontar la vida.

HARRY

¿Cómo? Si no me escucha.

DUMBLEDORE

Quizá esté esperando a que tú lo veas tal como es.

Harry frunce el ceño e intenta asimilar esas palabras.

DUMBLEDORE *(con delicadeza)*

Los retratos tenemos la suerte y la desgracia de oír cosas. En el colegio, y en el ministerio, oigo hablar a la gente...

HARRY

¿Y qué chismes cuentan de mí y de mi hijo?

DUMBLEDORE

No son chismes. La gente se preocupa. Dicen que os lleváis mal. Que es un chico difícil. Que está enfadado contigo. He llegado a la conclusión de que tal vez estés cegado por el amor que sientes por él.

HARRY
¿Cegado?

DUMBLEDORE
Debes verlo tal como es, Harry. Debes buscar qué es lo que le está haciendo daño.

HARRY
¿No lo veo tal como es? ¿No veo qué hace daño a mi hijo? *(Piensa.)* ¿O será que no veo quién le hace daño?

ALBUS *(murmurando en sueños)*
Papá...

HARRY
Esa nube negra... es una persona, ¿verdad? Y no una cosa.

DUMBLEDORE
En fin, ¿qué importancia tiene ya mi opinión? Yo sólo soy pintura y recuerdos, Harry, pintura y recuerdos. Y nunca tuve un hijo.

HARRY
Pero necesito su consejo.

ALBUS
¿Papá?

Harry mira a Albus y luego otra vez a Dumbledore. Pero Dumbledore se ha ido.

HARRY
¡No! ¿Adónde ha ido?

ALBUS
¿Dónde estamos... en la enfermería?

Harry fija de nuevo su atención en Albus.

HARRY *(alterado)*
Sí. Y tú... te pondrás bien. La señora Pomfrey no estaba segura de qué recetarte para tu recuperación, y dijo que, probablemente, lo mejor que podías hacer era comer mucho chocolate. De hecho... ¿te importa que yo también coma

un poco? Tengo que decirte varias cosas y me parece que no te van a gustar.

Albus mira a su padre. ¿Qué tiene que decirle? Decide no pelearse con él.

ALBUS
Pues vale.

Harry saca la tableta de chocolate, se come un buen pedazo. Albus mira a su padre, confuso.

ALBUS
¿Mejor?

HARRY
Mucho mejor.

Le ofrece el chocolate a su hijo. Albus parte un trozo. Padre e hijo mastican.

HARRY
¿Cómo tienes el brazo?

Albus dobla el brazo.

ALBUS
Lo noto perfecto.

HARRY *(suave)*
¿Adónde fuiste, Albus? No te puedes imaginar lo mal que lo hemos pasado. Tu madre estaba preocupadísima.

Albus alza la vista. Es un mentiroso experto.

ALBUS
Decidimos que no queríamos venir al colegio. Creímos que podríamos empezar desde cero en el mundo de los muggles, y descubrimos que nos equivocábamos. Cuando nos encontrasteis, nos disponíamos a regresar a Hogwarts.

HARRY
¿Con túnicas de Durmstrang?

ALBUS

Las túnicas eran... Fue todo muy... Scorpius y yo... Lo hicimos sin pensar.

HARRY

¿Y por qué? ¿Por qué te fugaste? ¿Fue por mí? ¿Por aquello que te dije?

ALBUS

No lo sé. Es que... Hogwarts no es un sitio muy agradable si no encajas en él.

HARRY

Y Scorpius... ¿te animó a escaparte?

ALBUS

¿Scorpius? No.

Harry mira a Albus casi como si tratara de ver un aura a su alrededor, muy concentrado.

HARRY

Quiero que no veas más a Scorpius Malfoy.

ALBUS

¿Qué? ¿A Scorpius?

HARRY

Para empezar, no sé cómo os hicisteis amigos, pero el caso es que lo sois. Y ahora quiero que...

ALBUS

¿A mi mejor amigo? ¿A mi único amigo?

HARRY

Es peligroso.

ALBUS

¿Scorpius, peligroso? ¿Tú lo conoces? Papá, si de verdad crees que es hijo de Voldemort...

HARRY

No lo sé, lo único que sé es que no quiero que lo veas más. Bane me dijo...

ALBUS

¿Quién es Bane?

HARRY

Un centauro con el don de la adivinación. Me dijo que hay una nube negra a tu alrededor y...

ALBUS

¿Una nube negra?

HARRY

Y tengo muy buenos motivos para creer que la magia oscura está resurgiendo, y quiero protegerte de ella. Protegerte de él. Protegerte de Scorpius.

Albus vacila un momento, y su rostro se endurece.

ALBUS

¿Y si no quiero dejar de verlo?

Harry mira a su hijo y piensa deprisa.

HARRY

Hay un mapa. Antes se usaba para localizar a los que hacían travesuras. Ahora vamos a utilizarlo para vigilarte. Para vigilarte permanentemente. La profesora McGonagall observará todos tus movimientos. Cada vez que os vea juntos, acudirá volando. Cada vez que intentes escaparte de Hogwarts, acudirá volando. ¡Asistirás a todas las clases, pero ya no las compartirás con Scorpius, y entre horas te quedarás en la sala común de Gryffindor!

ALBUS

¡No puedes obligarme a ir a Gryffindor! ¡Soy un Slytherin!

HARRY

No te hagas el tonto, Albus: sabes perfectamente de qué casa eres. Si la profesora McGonagall te encuentra con Scorpius, te haré un hechizo que me permitirá ver y oír todos tus movimientos y todas tus conversaciones. Mientras tanto, mi departamento iniciará una investigación sobre su verdadera ascendencia.

ALBUS *(se pone a llorar)*

Pero papá... no puedes... No es...

HARRY

Durante mucho tiempo he pensado que no era un padre lo bastante bueno para ti porque no te caía bien. Hasta ahora no me había dado cuenta de que no es necesario que te caiga bien. Lo que hace falta es que me obedezcas, porque soy tu padre y sé mejor que tú lo que te conviene. Lo siento, Albus. Las cosas han de ser así.

Acto II. Escena 9.

Hogwarts. Escaleras

Albus persigue a Harry a través del escenario.

ALBUS
¿Y si me escapo? Me escaparé.

HARRY
Albus, vuelve a la cama.

ALBUS
Volveré a fugarme.

HARRY
No. No te fugarás.

ALBUS
Sí. Y esta vez me aseguraré de que Ron no pueda encontrarnos.

RON
¿Alguien me ha llamado?

Ron entra en escena en una escalera, peinado con raya al lado muy marcada y con una túnica un poquito corta. Su ropa es exageradamente seria.

ALBUS
¡Tío Ron! ¡Gracias a Dumbledore! No sabes lo bien que nos vendrá una de tus bromas.

Ron frunce el ceño, desconcertado.

RON
¿Bromas? Yo no sé hacer bromas.

ALBUS
Claro que sabes. Tienes una tienda de artículos de broma.

RON *(ahora muy desconcertado)*

¿Una tienda de artículos de broma? ¡Qué me dices! En fin, me alegro de haberte encontrado yo. Iba a llevarte unos regalos para... bueno, para desearte una pronta recuperación, pero... Verás, a Padma, que piensa las cosas mucho más que yo, muchísimo más, se le ha ocurrido que preferirías un regalo útil para el colegio. Así que te hemos comprado... un juego de plumas. Sí. Sí. Sí. Mira qué chulas. Son de primerísima calidad.

ALBUS

¿Quién es Padma?

Harry mira a Albus y frunce el ceño.

HARRY

Tu tía.

ALBUS

¿Tengo una tía Padma?

RON

(A Harry.) Lo han hechizado con un *confundus*, ¿no? *(A Albus.)* Mi mujer, Padma. ¿Te acuerdas? La que se te acerca mucho a la cara cuando habla y huele un poco a menta. *(Se aproxima más a él.)* ¡Padma, la madre de Panju! *(A Harry.)* Por eso he venido, claro. Por Panju. Vuelve a tener problemas. Quería enviarle un vociferador, pero Padma se ha empeñado en que viniera en persona. No sé para qué, si Panju se ríe de mí.

ALBUS

Pero... si tú estás casado con Hermione.

Pausa mínima. Ron no entiende absolutamente nada.

RON

¿Con Hermione? No. Nooooo. ¡Por las barbas de Merlín!

HARRY

Albus tampoco se acuerda de que lo seleccionaron para Gryffindor. Qué casualidad.

RON

Bueno, sí. Lo siento, amigo, pero eres un Gryffindor.

ALBUS

Pero ¿por qué me escogieron para Gryffindor?

RON

Convenciste al sombrero, ¿no te acuerdas? Panju te apostó a que no lograrías entrar en Gryffindor ni aunque tu vida dependiera de ello, y tú escogiste Gryffindor sólo para fastidiarlo. No te lo reprocho *(seco)*, a todos nos gustaría borrarle la sonrisa de la cara alguna vez, ¿verdad? *(Aterrorizado.)* No le digas a Padma que he dicho eso, por favor.

ALBUS

¿Quién es Panju?

Ron y Harry se quedan mirando a Albus.

RON

¡Demonios! Estás realmente confundido. Bueno, tengo que irme antes de que me manden el vociferador a mí.

Se marcha dando traspiés. No es ni la sombra del que era.

ALBUS

Todo esto no tiene... ni pies ni cabeza.

HARRY

Albus, no sé a qué estás jugando, pero no va a funcionar. No voy a cambiar de idea.

ALBUS

Tienes dos opciones, papá: o me llevas a...

HARRY

No, Albus: el que tiene dos opciones eres tú. O me obedeces, o tendrás un problema de verdad. ¿Me has entendido?

SCORPIUS

¡Albus! ¡Estás bien! ¡Cuánto me alegro!

HARRY

Está completamente curado. Y tenemos que irnos.

Albus mira a Scorpius y se le parte el corazón. Sigue andando.

SCORPIUS
¿Estás enfadado conmigo? ¿Qué pasa?

Albus se para y mira a Scorpius.

ALBUS
¿Ha funcionado? ¿Hemos conseguido algo?

SCORPIUS
No... Pero Albus...

HARRY
Albus. No sé qué tonterías estás diciendo, pero basta ya. Te lo advierto por última vez.

Albus se debate entre su padre y su amigo.

ALBUS
No puedo, ¿vale?

SCORPIUS
No puedes ¿qué?

ALBUS
Es que... Será mejor que no nos veamos, créeme.

Scorpius se queda mirándolo desde abajo. Desconsolado.

Acto II. Escena 10.

Hogwarts. Despacho de la directora

La profesora McGonagall está muy compungida, Harry está muy decidido y Ginny no sabe muy bien cómo tiene que estar.

PROFESORA MCGONAGALL

No estoy segura de que ésta fuera la verdadera función del mapa del merodeador.

HARRY

Si los ve juntos, vaya a buscarlos cuanto antes y sepárelos.

PROFESORA MCGONAGALL

Harry, ¿estás seguro de que es la decisión correcta? Porque no es que yo dude de la sabiduría de los centauros ni mucho menos, pero Bane está sumamente enfadado y... no lo considero incapaz de manipular las constelaciones para conseguir lo que pretende.

HARRY

Yo confío en Bane. Albus tiene que mantenerse alejado de Scorpius. Por su bien y por el de los demás.

GINNY

Me parece que lo que Harry quiere decir es que...

HARRY *(tajante)*

Ella ya sabe lo que quiero decir.

Ginny mira a Harry, sorprendida de su brusquedad.

PROFESORA MCGONAGALL

Los magos y las brujas más eminentes del país han examinado a Albus y ninguno ha encontrado ni rastro de maleficios ni maldiciones.

HARRY

Y Dumbledore... Dumbledore me ha dicho...

PROFESORA MCGONAGALL

¿Qué?

HARRY

Su retrato. Hemos hablado. Me ha dicho ciertas cosas que tienen sentido.

PROFESORA MCGONAGALL

Dumbledore está muerto, Harry. Y ya te dije en otra ocasión que los retratos no representan ni la mitad de sus personajes.

HARRY

Me ha dicho que el amor me había cegado.

PROFESORA MCGONAGALL

El retrato de un director del colegio es un recuerdo. Se supone que es un mecanismo de apoyo útil para las decisiones que debo tomar yo. Pero cuando acepté este cargo ya me aconsejaron que no confundiera el cuadro con la persona. Y yo te aconsejaría que tú tampoco lo hicieras.

HARRY

Pero es que él tiene razón. Ahora me doy cuenta.

PROFESORA MCGONAGALL

Harry, has estado sometido a una presión tremenda: la desaparición de Albus, su búsqueda, el temor de lo que podría significar que vuelva a dolerte la cicatriz... Pero confía en lo que te digo: te estás equivocando.

HARRY

Antes no le caía bien a Albus. Quizá no vuelva a caerle bien nunca, pero estará a salvo. Con todo mi respeto, Minerva: usted no tiene hijos.

GINNY

¡Harry!

HARRY

Usted no puede entenderlo.

133

PROFESORA MCGONAGALL *(profundamente dolida)*

Creía que toda una vida dedicada a la docencia significaría...

HARRY

Este mapa le permitirá saber dónde se encuentra mi hijo en todo momento. Espero que lo utilice. Y si me entero de que no lo usa, tomaré duras represalias contra este colegio y emplearé toda la fuerza del ministerio. ¿Me ha entendido?

PROFESORA MCGONAGALL *(sorprendida por la virulencia de Harry)*

Perfectamente.

Ginny mira a Harry y no acaba de entender en qué se ha convertido. Él no le devuelve la mirada.

Acto II. Escena 11.

Hogwarts. Clase de Defensa Contra las Artes Oscuras

Albus entra en el aula, un tanto indeciso.

HERMIONE
Ah, sí. Nuestro prófugo del tren. Por fin se une a nosotros.

ALBUS
¿Hermione?

Albus está atónito. Hermione está de pie ante sus alumnos.

HERMIONE
Creo que me llamo profesora Granger, Potter.

ALBUS
¿Qué haces aquí?

HERMIONE
Dar clase. Es como una penitencia. ¿Y qué haces tú? Aprender, espero.

ALBUS
Pero si tú eres... eres... ministra de Magia.

HERMIONE
Ya has vuelto a tener uno de esos sueños, ¿no, Potter? Hoy vamos a estudiar el encantamiento *patronus*.

ALBUS *(perplejo)*
¿Eres la profesora de Defensa Contra las Artes Oscuras?

Se oyen risitas nerviosas.

HERMIONE
Se me está agotando la paciencia. Diez puntos menos para Gryffindor por estupidez.

POLLY CHAPMAN *(se levanta, muy ofendida)*
¡No! Lo hace a propósito. Odia Gryffindor, lo sabe todo el mundo.

HERMIONE
Siéntate, Polly Chapman, antes de que esto empeore. *(Polly suspira y se sienta.)* Y te agradecería que tú hicieras otro tanto, Albus. Y dejaras de hacer el payaso.

ALBUS
Pero si tú... no eres así de mala.

HERMIONE
Y veinte puntos menos para Gryffindor para convencer a Albus Potter de lo mala que soy.

YANN FREDERICKS
O te sientas ahora mismo, Albus...

Albus se sienta.

ALBUS
¿Puedo decir una cosa?

HERMIONE
No, no puedes. Cállate, Potter, o perderás la escasa popularidad que te queda. Y ahora, ¿podéis decirme qué es un patronus? ¿No, nadie? Desde luego, sois una panda de inútiles.

Hermione sonríe con sorna. Es mala de verdad.

ALBUS
No puede ser. Es absurdo. ¿Dónde está Rose? Ella te confirmará que lo que dices es ridículo.

HERMIONE
¿Quién es Rose? ¿Tu amiga invisible?

ALBUS
¡Rose Granger-Weasley! ¡Tu hija! *(Se da cuenta.)* Claro: como Ron y tú no estáis casados, Rose no...

Se oyen risas.

HERMIONE

¡Cómo te atreves! Cincuenta puntos menos para Gryffindor. Y os aseguro que, si vuelve a interrumpirme alguien más, serán cien puntos.

Recorre el aula con la mirada. Nadie mueve ni un solo músculo.

HERMIONE

Muy bien. Un patronus es un encantamiento mágico, una proyección de todos vuestros sentimientos más positivos, y toma la forma del animal con el que tenéis mayor afinidad. Es un don de luz. Si haces aparecer un patronus, puedes protegerte contra todos los males del mundo. Lo que, en algunos casos, parece una necesidad más bien urgente.

Acto II. Escena 12.

Hogwarts. Escaleras

Albus sube por una escalera. Va mirando alrededor.

No ve nada. Sale. La escalera se mueve casi como si danzara.

Scorpius entra después de Albus. Le ha parecido verlo, pero ahora comprueba que no está.

Se deja caer al suelo mientras la escalera gira.

Entra la señora Hooch y sube por la escalera. Al llegar arriba le hace señas a Scorpius para que se aparte.

Él lo hace y se marcha con desgana, arrastrando su desdichada soledad.

Entra Albus y sube por una escalera.

Entra Scorpius y sube por otra.

Las dos escaleras se encuentran. Los dos chicos se miran.

Turbados y esperanzados por igual.

Y entonces Albus desvía la mirada y el hechizo se rompe, y seguramente también su amistad.

Y ahora las escaleras se separan; los dos se miran: uno con sentimiento de culpa, el otro profundamente dolido, ambos tremendamente tristes.

Acto II. Escena 13.

Casa de Harry y Ginny Potter. Cocina

Ginny y Harry se miran con recelo. Se avecina una discusión, y ambos lo saben.

HARRY

He tomado la decisión correcta.

GINNY

Casi pareces convencido.

HARRY

Me aconsejaste que fuera sincero con él, pero en realidad lo que necesitaba era ser sincero conmigo mismo y confiar en lo que me decía el corazón.

GINNY

Harry, no ha habido ningún mago con un corazón más grande que el tuyo, y no puedo creer que tu corazón te dijera eso.

Se oyen unos golpes en la puerta.

GINNY

Salvados por la puerta.

Se va.

Al cabo de un instante entra Draco, consumido por la rabia, aunque lo disimula bien.

DRACO

No tengo mucho tiempo, pero tampoco me hace falta.

HARRY

¿En qué puedo ayudarte?

DRACO

No he venido a llevarte la contraria. Pero mi hijo está destrozado, y soy su padre, y por eso estoy aquí: para preguntarte por qué has separado a dos buenos amigos.

HARRY

Yo no los he separado.

DRACO

Has cambiado el horario de las clases y has amenazado a los profesores y al propio Albus. ¿Por qué?

Harry mira con cautela a Draco.

HARRY

Tengo que proteger a mi hijo.

DRACO

¿De Scorpius?

HARRY

Bane me dijo que percibía una oscuridad alrededor de mi hijo. Cerca de él.

DRACO

¿Qué insinúas, Potter?

Harry se da la vuelta y mira a Draco fijamente a los ojos.

HARRY

¿Estás seguro... totalmente seguro de que es hijo tuyo, Draco?

Se hace un silencio absoluto.

DRACO

Retira eso. Ahora mismo.

Como Harry no lo hace, Draco saca su varita.

HARRY

No te conviene hacer eso.

DRACO

·Yo sé lo que me conviene.

HARRY
No quiero hacerte daño, Draco.

DRACO
Qué curioso, porque yo sí quiero hacerte daño a ti.

Los dos se ponen en guardia. Y a continuación agitan sus varitas.

DRACO Y HARRY
¡Expelliarmus!

Las varitas se repelen y se separan.

DRACO
¡Incárcero!

Harry esquiva un fogonazo de la varita de Draco.

HARRY
¡Tarantallegra!

Draco se aparta de un salto.

HARRY
Veo que has practicado, Draco.

DRACO
Tú, en cambio, estás más flojo, Potter. *¡Densaugeo!*

Harry logra apartarse por los pelos.

HARRY
¡Rictusempra!

Draco agarra una silla y la utiliza para bloquear el fogonazo.

DRACO
¡Flipendo!

Harry revolotea por los aires. Draco se ríe.

DRACO
Aguanta, vejestorio.

HARRY
Tenemos la misma edad, Draco.

DRACO
Yo me conservo mejor.

HARRY
¡Atabraquium!

Draco queda fuertemente maniatado.

DRACO
¿Esto es lo mejor que sabes hacer? *¡Emancipare!*

Draco deshace sus ataduras.

DRACO
¡Levicorpus!

Harry tiene que apartarse de un salto.

DRACO
¡Mobilicorpus! ¡Ah, qué bien me lo estoy pasando!

Draco hace rebotar a Harry encima de la mesa una y otra vez. Luego, cuando Harry se escabulle y baja, Draco sube de un salto y, cuando prepara su varita, Harry ataca con un hechizo.

HARRY
¡Obscuro!

Draco se quita la venda de los ojos en cuanto el hechizo lo alcanza.

Ambos se ponen en guardia, y Harry lanza una silla.

Draco se agacha para esquivarla y la detiene con su varita.

GINNY
Sólo me he ido cinco minutos de esta habitación.

Mira el lío que se ha armado en la cocina. Ve las sillas suspendidas en el aire. Apunta con la varita y las baja al suelo.

GINNY *(seca)*
¿Me he perdido algo?

Acto II. Escena 14.

Hogwarts. Escaleras

Scorpius baja con aire triste por una escalera.
Delphi entra corriendo por el otro lado.

DELPHI

Bueno, teóricamente no debería estar aquí.

SCORPIUS

¿Delphi?

DELPHI

Es más: teóricamente estoy haciendo peligrar toda nuestra operación. Y no... bueno, ya sabes que no me gusta correr riesgos innecesarios. Nunca había estado en Hogwarts. Las medidas de seguridad no son nada estrictas, ¿verdad? Y cuántos retratos. Y pasillos. ¡Y fantasmas! Un fantasma casi decapitado muy raro me ha dicho dónde te encontraría, ¿te imaginas?

SCORPIUS

¿Nunca habías estado en Hogwarts?

DELPHI

De pequeña estuve enferma. Varios años. A los demás les tocó ir, pero a mí no.

SCORPIUS

¿Tú también estuviste enferma? Lo siento, no sabía nada.

DELPHI

Bueno, no voy contándolo por ahí. Prefiero que no se compadezcan de mí, ¿sabes?

Scorpius se siente identificado con ella, va a decir algo, pero de pronto Delphi se agacha al ver acercarse a otro alumno. Scorpius intenta disimular hasta que pasa de largo.

DELPHI

¿Se han ido?

SCORPIUS

Delphi, creo que es demasiado peligroso que estés aquí.

DELPHI

Bueno, alguien tiene que hacer algo.

SCORPIUS

No funcionó, Delphi. El giratiempo. No lo conseguimos.

DELPHI

Ya lo sé. Albus me envió un búho. Los libros de historia cambiaron, pero no lo suficiente. Cedric murió de todas formas. De hecho, fallar en la primera prueba lo motivó aún más para ganar la segunda.

SCORPIUS

Y Ron y Hermione están completamente trastornados, y todavía no he averiguado por qué.

DELPHI

Y por eso Cedric tiene que esperar. Todo se ha enredado mucho, y haces muy bien al conservar el giratiempo, Scorpius. Pero lo que quería decir es que... alguien tiene que hacer algo respecto a vosotros dos.

SCORPIUS

Ah.

DELPHI

Sois íntimos amigos. En cada búho que Albus me envía noto cuánto te echa de menos. Está destrozado.

SCORPIUS

Veo que ha encontrado un hombre en el que llorar. ¿Cuántos búhos te ha enviado ya?

Delphi sonríe con ternura.

SCORPIUS

Lo siento. Eso no... No pretendía... Es que no entiendo qué está pasando. He tratado de verlo, hablar con él, pero cuando lo intento sale corriendo.

DELPHI

Yo, a tu edad, no tenía ninguna amiga íntima. Era lo que más quería. Desesperadamente. Cuando era más pequeña incluso llegué a inventarme una, pero...

SCORPIUS

Yo también tuve un amigo imaginario. Se llamaba Torbellino. Pero nos peleamos por culpa de las reglas de juego de los gobstones.

DELPHI

Albus te necesita, Scorpius. Y eso es maravilloso.

SCORPIUS

Pero ¿qué quiere de mí?

DELPHI

De eso se trata, ¿no te parece? En eso consiste la amistad. Tú no sabes lo que necesita tu amigo, sólo sabes que necesita algo. Habla con él, Scorpius. Vosotros dos... tenéis que estar juntos.

Acto II. Escena 15.

Casa de Harry y Ginny Potter. Cocina

Draco y Harry están sentados, muy separados. Ginny está de pie entre los dos.

DRACO

Siento que te hayamos dejado la cocina así, Ginny.

GINNY

Ah, no, no es mi cocina. Harry es quien suele cocinar.

DRACO

Yo tampoco puedo hablar con él. Con Scorpius. Sobre todo desde que... desde que Astoria ya no está. Ni siquiera podemos hablar de cómo le ha afectado su pérdida. Por mucho que lo intente, no consigo comunicarme con él. Tú no puedes hablar con Albus. Yo no puedo hablar con Scorpius. De eso se trata. No se trata de que mi hijo sea malvado. Porque, por muy en serio que te tomes las palabras de un centauro arrogante, tú conoces el poder de la amistad.

HARRY

Draco, aunque creas que...

DRACO

Yo siempre envidié que tuvieras a Weasley y a Granger, ¿sabes? Yo tenía a...

GINNY

A Crabbe y Goyle.

DRACO

Dos zoquetes incapaces de distinguir un extremo de la escoba del otro. Vosotros tres... erais increíbles. Os llevabais bien. Os divertíais. Yo os envidiaba por esa amistad. Me moría de envidia.

146

GINNY

Yo también los envidiaba.

Harry mira a Ginny, sorprendido.

HARRY

Tengo que protegerlo...

DRACO

Mi padre creía que me protegía. Casi siempre. Llega un momento en que tienes que elegir qué clase de hombre quieres ser. Y creo que, cuando llega ese momento, necesitas tener cerca a un padre o a un amigo. Y si para entonces has aprendido a odiar a tu padre y no tienes amigos... estás solo. Y estar solo... es muy duro. Yo estaba solo. Y estar solo me condujo a un sitio muy oscuro. Donde pasé mucho tiempo. Tom Ryddle también fue un niño solitario. Puede que tú no lo entiendas, Harry, pero yo sí, y me parece que Ginny también.

GINNY

Tiene razón.

DRACO

Tom Ryddle nunca salió de su sitio oscuro. Y así se convirtió en lord Voldemort. A lo mejor, la nube negra que vio Bane era la soledad de Albus. Su sufrimiento. Su odio. No pierdas a tu hijo. Te arrepentirías. Y él también. Porque él te necesita a ti, y a Scorpius, aunque todavía no lo sepa.

Harry mira a Draco, piensa.

Va a decir algo. Vuelve a pensar.

GINNY

Harry. ¿Vas a buscar los polvos *flu*, o voy yo?

Harry alza la mirada hacia su mujer.

147

Acto II. Escena 16.

Hogwarts. Biblioteca

Scorpius llega a la biblioteca. Mira a derecha e izquierda. Y entonces ve a Albus. Y Albus lo ve a él.

SCORPIUS
Hola.

ALBUS
Hola, Scorpius. No puedo...

SCORPIUS
Ya lo sé. Ahora estás en Gryffindor. Ya no quieres saber nada de mí. Pero aquí estoy, de todas formas. Hablando contigo.

ALBUS
Sí, pero yo no puedo hablar, así que...

SCORPIUS
Tienes que hacerlo. ¿Crees que puedes ignorar todo lo que ha pasado? El mundo se ha vuelto loco, ¿no te has dado cuenta?

ALBUS
Ya lo sé, ¿vale? Ron se ha vuelto muy raro. Hermione es profesora, todo está hecho un lío, pero...

SCORPIUS
Y Rose no existe.

ALBUS
Ya lo sé. Mira, no entiendo casi nada, pero sé que no puedes estar aquí.

SCORPIUS

Por culpa de lo que hicimos, Rose ni siquiera ha nacido. ¿No te acuerdas de lo que te contaron sobre el baile de Navidad del Torneo de los Tres Magos? Los cuatro campeones del torneo asistieron con pareja. Tu padre llevó a Parvati Patil, Viktor Krum llevó...

ALBUS

A Hermione. Y Ron se puso celoso y se portó como un niño pequeño.

SCORPIUS

Pues no. Encontré el libro que escribió sobre ellos Rita Skeeter. Y lo que cuenta es muy diferente. Ron fue al baile con Hermione.

ALBUS

¿Cómo?

POLLY CHAPMAN

¡Chist!

Scorpius mira a Polly y baja la voz.

SCORPIUS

En calidad de amigos. Y bailaron como amigos, y lo pasaron muy bien, y luego él bailó con Padma Patil y se lo pasó aún mejor, y después empezaron a salir juntos, y él cambió un poco, y se casaron, y entretanto Hermione se convirtió en...

ALBUS

...una psicópata.

SCORPIUS

Se suponía que Hermione iría a aquel baile con Krum. ¿Sabes por qué no fue con él? Porque sospechaba que los dos chicos raros de Durmstrang a los que se había encontrado antes de la primera prueba tenían algo que ver con la desaparición de la varita de Cedric. Creía que nosotros dos, obedeciendo órdenes de Viktor, éramos los responsables de que Cedric no hubiera ganado la primera prueba.

ALBUS

¡Uau!

SCORPIUS

Y sin Krum, Ron no se puso celoso y, como el asunto de los celos era fundamental, Ron y Hermione siguieron siendo muy buenos amigos, pero no se enamoraron, ni se casaron, ni tuvieron a Rose.

ALBUS

Y por eso mi padre es tan... ¿Él también cambió?

SCORPIUS

Me parece que tu padre está exactamente igual. Es jefe de Seguridad Mágica. Está casado con Ginny. Tiene tres hijos.

ALBUS

Entonces, ¿por qué se comporta como un...?

Una bibliotecaria entra por el fondo de la habitación.

SCORPIUS

¿No me escuchas, Albus? Esto es mucho más importante que lo tuyo con tu padre. Según la ley del profesor Croaker, cinco horas es lo máximo que se puede viajar en el tiempo sin que exista la posibilidad de que el viajero, o el tiempo en sí, sufran daños severos. El instante más breve, el cambio más insignificante, provoca consecuencias. Y nosotros... hemos provocado una oleada de consecuencias muy graves. Por culpa de lo que hicimos, Rose no llegó a nacer. ¡Rose!

BIBLIOTECARIA

¡Chist!

Albus se concentra un momento.

ALBUS

Vale. Volvamos hacia atrás y arreglémoslo. Tenemos que recuperar a Cedric y a Rose.

SCORPIUS

...no es una buena idea.

ALBUS

¿Alguien ha descubierto el giratiempo? Todavía lo tienes, ¿no?

Scorpius lo saca del bolsillo.

SCORPIUS

Sí, pero...

Albus se lo arrebata de las manos.

SCORPIUS

No. ¡No! ¡Albus! ¿No te das cuenta de lo que podría pasar?

Scorpius intenta quitarle el giratiempo, Albus lo empuja, pelean con torpeza.

ALBUS

Hay que arreglar las cosas, Scorpius. Todavía hay que salvar a Cedric. Hay que recuperar a Rose. Tendremos más cuidado. Diga lo que diga Croaker, confía en mí, confía en nosotros. Esta vez saldrá todo bien.

SCORPIUS

No. ¡No saldrá bien! ¡Devuélvemelo, Albus! ¡Dámelo!

ALBUS

No puedo. Esto es demasiado importante.

SCORPIUS

Sí, demasiado importante para nosotros. No somos expertos. Lo haremos mal.

ALBUS

¿Quién dice que vamos a hacerlo mal?

SCORPIUS

Lo digo yo. Porque es lo que pasa siempre. Lo estropeamos todo. Siempre perdemos. Somos perdedores, unos perdedores sin remedio. ¿Todavía no te has dado cuenta?

Albus se impone por fin y lo inmoviliza en el suelo.

ALBUS

Antes de conocerte, yo no era un perdedor.

SCORPIUS

Albus, sea lo que sea eso que pretendes demostrarle a tu padre, ésta no es la manera de...

ALBUS

No tengo que demostrarle nada a mi padre. Tengo que salvar a Cedric para salvar a Rose. Y si no fueras un lastre para mí, puede que lo consiga.

SCORPIUS

¿Sin mí? ¡Ay, pobre Albus Potter, el despechado! ¡Pobre Albus Potter, qué pena me da!

ALBUS

Pero ¿qué dices?

SCORPIUS *(explota)*

¡Prueba a ponerte en mi lugar! A ti la gente te mira porque tu padre es el famoso Harry Potter, el salvador del mundo de los magos. A mí me miran porque creen que mi padre es Voldemort. ¡Voldemort!

ALBUS

Ni se te ocurra...

SCORPIUS

¿Te imaginas lo que es eso? ¿Te lo has planteado siquiera? No. Porque no ves más allá de tus narices. Porque no ves más allá del estúpido conflicto que tienes con tu padre. Él siempre será Harry Potter, ¿te enteras? Y tú siempre serás su hijo. Y ya sé que es difícil, y que los otros chicos son muy pesados, pero tienes que aprender a aceptarlo, porque... hay cosas peores, ¿lo sabías?

Pausa mínima.

SCORPIUS

Cuando vi que se había alterado el tiempo, hubo un momento en que me entusiasmé, porque pensé que a lo mejor mi madre no se había puesto enferma. A lo mejor mi madre no estaba muerta. Pero no: resulta que sí estaba muerta. Sigo siendo el hijo de Voldemort, sigo sin tener madre, y sigo ofreciéndole toda mi comprensión a un chico que jamás da nada a cambio. Así que lo siento mucho si te he arruinado la vida, porque voy a decirte una cosa: tú no podrás arruinar la mía porque ya está arruinada. Y tampoco la has mejorado, porque eres un amigo horrible, el peor que pueda haber.

Albus lo digiere. Se da cuenta de lo que le ha hecho a su amigo.

PROFESORA MCGONAGALL *(en off)*
¿Albus? Albus Potter. Scorpius Malfoy. ¿Estáis ahí dentro? ¿Juntos? Porque os aconsejaría que no lo estuvierais.

Albus mira a Scorpius y saca una capa de su bolsa.

ALBUS
Rápido. Tenemos que escondernos.

SCORPIUS
¿Qué?

ALBUS
Scorpius, mírame.

SCORPIUS
¿Esa es la capa invisible? ¿No es de James?

ALBUS
Si la profesora nos encuentra, nos separarán para siempre. Por favor. No lo había entendido. Te lo ruego.

PROFESORA MCGONAGALL *(en off, esforzándose por ponérselo fácil)*
Voy a entrar.

La profesora McGonagall entra en la habitación con el mapa del merodeador en las manos. Los chicos desaparecen bajo la capa. Ella mira alrededor, exasperada.

PROFESORA MCGONAGALL
A ver, ¿dónde se han...? Yo no quería esta cosa para nada, y ahora me está jugando una mala pasada.

Piensa. Vuelve a consultar el mapa. Localiza su supuesta ubicación. Recorre la estancia con la mirada. Los objetos se mueven a medida que los chicos, invisibles, pasan a su lado. La profesora McGonagall ve hacia dónde van e intenta cerrarles el paso, pero ellos la esquivan.

PROFESORA MCGONAGALL
A menos... A menos que... ¡La capa de tu padre!

Vuelve a consultar el mapa y mira hacia donde están los chicos. Se sonríe.

PROFESORA MCGONAGALL
Bueno. Si no os veo, no os he visto.

Sale. Albus y Scorpius se desprenden de la capa. Se quedan un momento sentados en el suelo, callados.

ALBUS
Sí, se la robé a James. Es facilísimo robarle cosas: la combinación de su baúl es la fecha en que le regalaron su primera escoba. He comprobado que la capa me ayuda a escabullirme cuando me acosan.

Scorpius asiente.

ALBUS
Siento lo de tu madre. Ya sé que no hablamos de ella lo suficiente, pero espero que sepas... que lo siento. Lo que le pasó a ella... y a ti... Una mala jugada.

SCORPIUS
Gracias.

ALBUS
Mi padre dijo... dijo que tú eras una nube oscura que tengo alrededor. Empezó a sospechar... Y yo creí que tenía que apartarme de ti, porque mi padre me dijo que si no me apartaba...

SCORPIUS
¿Tu padre cree que los rumores son ciertos y que soy hijo de Voldemort?

ALBUS *(asiente)*

Su departamento ha abierto una investigación.

SCORPIUS

Muy bien. Deja que investiguen. A veces... A veces hasta yo pienso... que podrían ser ciertos.

ALBUS

No. No son ciertos. Y voy a decirte por qué. Porque no creo que Voldemort pueda tener un hijo bondadoso, y tú lo eres, Scorpius. Lo eres de la cabeza a los pies, hasta la médula. Estoy convencido de que Voldemort... Voldemort no podría haber tenido un hijo como tú.

Pausa mínima. Estas palabras emocionan a Scorpius.

SCORPIUS

Lo que has dicho es muy bonito.

ALBUS

Y debería habértelo dicho hace mucho tiempo. En realidad, creo que eres la mejor persona que conozco. Y no eres un lastre para mí, aunque quisieras. Al contrario: me haces más fuerte. Cuando mi padre nos obligó a separarnos... Sin ti, yo...

SCORPIUS

A mí tampoco me gustaba mucho la vida sin ti.

ALBUS

Y ya sé que siempre seré el hijo de Harry Potter, ya veré cómo me las arreglo con eso. Y ya sé que mi vida, comparada con la tuya, no está nada mal, y que tanto mi padre como yo hemos tenido suerte y...

SCORPIUS *(lo interrumpe)*

Albus, como ejemplo de disculpa me parece sumamente complaciente, pero estás empezando a hablar más de ti que de mí otra vez, así que será mejor que lo dejes antes de estropearlo.

Albus sonríe y le tiende una mano.

ALBUS
¿Amigos?

SCORPIUS
Siempre.

Scorpius tiende la mano, y Albus tira de ella. Ambos se incorporan y se abrazan.

SCORPIUS
Es la segunda vez que lo haces.

Los dos chicos se separan y sonríen.

ALBUS
Pero me alegro de haber tenido esta discusión, porque me ha dado una idea muy buena.

SCORPIUS
¿Sobre qué?

ALBUS
Tiene que ver con la segunda prueba. Y con una humillación.

SCORPIUS
¿Sigues empeñado en retroceder en el tiempo? ¿No has oído lo que te acabo de decir?

ALBUS
Tienes razón: somos perdedores. Como somos especialistas en perder, deberíamos sacarle partido a nuestra especialidad. A nuestros poderes. A los perdedores se les enseña a ser perdedores. Sólo hay una forma de enseñar a un perdedor, y nosotros lo sabemos mejor que nadie: la humillación. Tenemos que humillar a Cedric. Y eso es lo que vamos a hacer en la segunda prueba.

Scorpius reflexiona largo rato y luego sonríe.

SCORPIUS
Es una estrategia excelente.

ALBUS
Ya lo sé.

SCORPIUS

En serio: espectacular. Humillar a Cedric para salvar a Cedric. Muy hábil. ¿Y Rose?

ALBUS

Eso me lo reservo para la gran sorpresa final. Puedo hacerlo sin ti, pero prefiero que estés ahí. Porque quiero que hagamos esto juntos. Que arreglemos las cosas juntos. ¿Qué me dices? ¿Vas a venir conmigo?

SCORPIUS

Pero... espera un momento. ¿No fue...? ¿No está...? La segunda prueba se celebró en el lago, y a ti te han prohibido salir del edificio del colegio.

Albus sonríe.

ALBUS

Sí. Y por eso... tenemos que encontrar los baños de chicas del primer piso.

Acto II. Escena 17.

Hogwarts. Escaleras

Ron baja por la escalera, atribulado, y al ver a Hermione se le ilumina la cara.

RON
Hola, profesora Granger.

Hermione lo mira, y a ella también se le acelera un poco el corazón (aunque se niegue a reconocerlo).

HERMIONE
Hola, Ron. ¿Qué haces aquí?

RON
Panju ha tenido un pequeño contratiempo en la clase de Pociones. Quería lucirse, como siempre, y ha mezclado algo con otro algo que no debía y ahora se ha quedado sin cejas y le ha salido un bigote bastante grande. Y no le favorece nada. Yo no quería venir, pero Padma dice que cuando se trata del pelo facial, los hijos necesitan a sus padres. Por cierto, ¿te has hecho algo en el pelo?

HERMIONE
Peinármelo, supongo.

RON
Ah, pues peinarte te sienta bien.

Hermione mira a Ron un poco extrañada.

HERMIONE
Ron, ¿puedes parar de mirarme así?

RON *(haciendo acopio de valor)*
¿Sabes qué? El otro día, Albus, el hijo de Harry, me dijo que creía que tú y yo estábamos... casados. ¡Ja, ja! ¡Ja, ja! Es ridículo, ya lo sé.

HERMIONE
Sí, muy ridículo.

RON
Hasta creía que teníamos una hija. Qué cosa tan rara, ¿verdad?

Se miran a los ojos. Hermione es la primera en apartar la vista.

HERMIONE
Rara, no; rarísima.

RON
Exacto. Nosotros dos somos... amigos, y nada más.

HERMIONE
Por supuesto. Sólo amigos.

RON
Sólo amigos. Qué palabra tan curiosa: amigos. Bueno, no tan curiosa. En realidad sólo es una palabra. Amigos. Amiga. Curiosa amiga. Tú, mi amiga, mi Hermione. Bueno, eso no. «Mi» Hermione no, ya me entiendes. Mía, mía, no, claro, pero...

HERMIONE
Sí, ya sé.

Hay una pausa. Ninguno de los dos mueve ni un músculo. Todo parece demasiado trascendental para que algo se mueva. A continuación, Ron tose.

RON
Bueno. Tengo que ir a ver qué pasa con Panju. Y a enseñarle el arte del cuidado del bigote.

Echa a andar, se gira, mira a Hermione, ella lo mira a su vez, él vuelve a ponerse en marcha.

RON
Ese peinado sí que te favorece, en serio.

Acto II. Escena 18.

Hogwarts. Despacho de la directora

La profesora McGonagall está sola en el escenario. Mira el mapa. Frunce el ceño. Da un golpecito en el mapa con la varita. Se sonríe, satisfecha con la decisión tomada.

PROFESORA MCGONAGALL
   ¡Travesura realizada!

Se oye un traqueteo. Parece que vibra todo el escenario.

Ginny es la primera en llegar por la chimenea, y luego aparece Harry.

GINNY
   Profesora, esto sigue siendo tan poco digno como siempre.

PROFESORA MCGONAGALL
   Potter. Has vuelto. Y veo que al final has conseguido ensuciarme la alfombra.

HARRY
   Tengo que encontrar a mi hijo. Tenemos que encontrarlo.

PROFESORA MCGONAGALL
   Harry, he estado pensándolo bien y he decidido que no quiero participar en esto. Por mucho que me amenaces, no voy a...

HARRY
   He venido en son de paz, Minerva. No debí hablarle de esa forma, lo sé.

PROFESORA MCGONAGALL
   Es que no creo que deba entrometerme en una amistad, y pienso...

HARRY

Tengo que pedirle perdón a usted, y también a Albus. ¿Me dará esa oportunidad?

Llega Draco en medio de una explosión de hollín.

PROFESORA MCGONAGALL

¿Draco?

DRACO

Él tiene que ver a su hijo y yo tengo que ver al mío.

HARRY

Como le decía: sí a la paz, no a la guerra.

La profesora McGonagall escudriña su cara y encuentra en ella la sinceridad que buscaba. Saca el mapa del bolsillo. Lo abre.

PROFESORA MCGONAGALL

Bueno, si es en son de paz, sí que puedo participar.

Le da un golpecito al mapa con la varita. Suspira.

PROFESORA MCGONAGALL

¡Juro solemnemente que mis intenciones no son buenas!

El mapa se activa.

PROFESORA MCGONAGALL

Bueno, pues están juntos.

DRACO

En el baño de chicas del primer piso. ¿Qué demonios estarán haciendo allí?

Acto II. Escena 19.

Hogwarts. Baño de chicas

Scorpius y Albus entran en el baño. En el centro hay un enorme lavamanos victoriano.

SCORPIUS
A ver si lo he entendido bien. El plan es hacerle un encantamiento aumentador...

ALBUS
Sí. Scorpius, pásame ese jabón, por favor.

Scorpius pesca un jabón del lavamanos.

ALBUS
¡Engorgio!

Lanza un rayo con la varita que cruza la habitación. La pastilla de jabón multiplica su tamaño por cuatro.

SCORPIUS
Muy bien. Admito que estoy *impregorgionado.*

ALBUS
La segunda prueba mágica era la del lago. Tenían que recuperar algo que les habían quitado, y que resultó ser...

SCORPIUS
...un ser querido.

ALBUS
Cedric utilizó un encantamiento casco-burbuja para atravesar el lago buceando. Lo único que tenemos que hacer es seguirlo y utilizar un *engorgio* para que aumente de tamaño. Ya sabemos que el giratiempo no nos deja mucho margen, así que tenemos que ir deprisa: llegamos hasta él,

162

le *engorgiamos* la cabeza y vemos cómo abandona flotando el lago, la prueba y la competición.

SCORPIUS

Lo que todavía no me has explicado es cómo vamos a llegar al lago.

Y de repente surge un chorro de agua del lavamanos, y por él asciende Myrtle la Llorona, *empapada.*

MYRTLE *LA LLORONA*

¡Uau! ¡Qué bien me ha sentado! Antes no me gustaba nada, pero, cuando llegas a mi edad, te conformas con lo que hay.

SCORPIUS

¡Claro! Eres un genio. Myrtle *la Llorona.*

Myrtle la Llorona *se desliza sobre Scorpius.*

MYRTLE *LA LLORONA*

¿Cómo me has llamado? ¿Estoy llorando? ¿A mí me has visto llorar? ¿A mí? ¿A mí?

SCORPIUS

No, no quería decir...

MYRTLE *LA LLORONA*

¿Cómo me llamo?

SCORPIUS

Myrtle.

MYRTLE *LA LLORONA*

Exacto. Myrtle. Myrtle Elizabeth Warren. Un nombre muy bonito. Mi nombre. Lo de «llorona» no viene a cuento.

SCORPIUS

Bueno...

MYRTLE *LA LLORONA (soltando una risita)*

Hacía tiempo. Chicos en mi baño. En un baño de chicas. Eso no está bien, pero bueno. Siempre he sentido debilidad por los Potter. Y también tuve un moderado favoritismo por un Malfoy. Bueno, pareja, ¿en qué puedo ayudaros?

163

ALBUS

Tú estuviste allí, Myrtle. En el lago. Escribieron sobre ti. Debe de haber una forma de salir de estas cañerías.

MYRTLE *LA LLORONA*

He estado en todas partes. Pero ¿a qué sitio os referís, concretamente?

ALBUS

La segunda prueba mágica. La prueba del lago. En el Torneo de los Tres Magos. Hace veinticinco años. Harry y Cedric.

MYRTLE *LA LLORONA*

Fue una pena que el guapo tuviera que morir. No digo que tu padre no sea guapo, pero es que Cedric Diggory... No te imaginas a la cantidad de chicas que tuve que oír haciendo conjuros de amor en estos lavabos. Ni los lloros cuando lo mataron.

ALBUS

Ayúdanos, Myrtle. Ayúdanos a llegar hasta ese lago.

MYRTLE *LA LLORONA*

¿Crees que puedo ayudaros a viajar en el tiempo?

ALBUS

Tienes que guardarnos un secreto.

MYRTLE *LA LLORONA*

Me encantan los secretos. No se lo contaré a nadie. ¡Que me muera ahora mismo si no es verdad! O... el equivalente para fantasmas. Ya me entiendes.

Albus le hace una seña a Scorpius, que saca el giratiempo.

ALBUS

Nosotros ya podemos viajar por el tiempo. Tú vas a ayudarnos a viajar por las cañerías. Vamos a salvar a Cedric Diggory.

MYRTLE *LA LLORONA (sonriendo)*

Suena divertido.

ALBUS

Y no tenemos tiempo que perder.

MYRTLE *LA LLORONA*

Es este lavamanos, precisamente. Este mismo lavamanos desagua directamente en el lago. Incumple todas las ordenanzas, pero este colegio siempre ha sido bastante anticuado. Meteos de cabeza y las cañerías os llevarán directos allí.

Albus se deshace de la túnica y se encarama al lavamanos. Scorpius lo imita.

Albus le da a Scorpius unas hojas verdes que saca de una bolsa.

ALBUS

Un poco para ti y un poco para mí.

SCORPIUS

¿Branquialgas? ¿Vamos a usar branquialgas? ¿Para respirar bajo el agua?

ALBUS

Sí, como hizo mi padre. ¿Estás listo?

SCORPIUS

Recuerda: esta vez no se nos puede agotar el tiempo.

ALBUS

Sólo cinco minutos, es todo lo que tenemos antes de que nos devuelva al presente.

SCORPIUS

Dime que todo saldrá bien.

ALBUS *(sonriendo)*

Todo va a salir perfectamente. ¿Estás preparado?

Albus se mete las branquialgas en la boca y se sumerge.

SCORPIUS

¡No, Albus! Albus...

Alza la mirada y ve que se ha quedado solo con Myrtle la Llorona.

MYRTLE *LA LLORONA*

A mí me gustan mucho los chicos valientes.

SCORPIUS *(medio espantado, medio envalentonado)*

Entonces, estoy listo del todo. Para lo que sea.

Se come las branquialgas y se sumerge a su vez.

Myrtle la Llorona *se queda sola en el escenario.*

Hay un gigantesco destello de luz acompañado de un gran estruendo. El tiempo se detiene. Se da la vuelta, piensa un instante y empieza a girar hacia atrás...

Los chicos ya no están.

Harry aparece corriendo con el ceño fruncido. Y detrás de él, Draco, Ginny y la profesora McGonagall.

HARRY

¡Albus! ¡Albus!

GINNY

No está.

Encuentran las túnicas de los chicos en el suelo.

PROFESORA MCGONAGALL *(consultando el mapa)*

Ha desaparecido. No, se está desplazando por debajo de los terrenos de Hogwarts... No, ha desaparecido...

DRACO

¿Cómo lo hace?

MYRTLE *LA LLORONA*

Porque está usando un cacharrito muy bonito.

HARRY

¡Myrtle!

MYRTLE *LA LLORONA*

¡Oh, me has descubierto! Y mira que me esforzaba por seguir escondida, ¿eh? Hola, Harry. Hola, Draco. ¿Ya habéis vuelto a portaros mal?

HARRY

¿Qué cacharrito está usando?

MYRTLE *LA LLORONA*

Me parece que era un secreto, pero ya sabes que yo nunca he podido ocultarte nada, Harry. ¿Cómo es que te has vuelto aún más guapo con los años? Y estás más alto.

HARRY

Mi hijo está en peligro. Necesito que me ayudes. ¿Qué están haciendo, Myrtle?

MYRTLE *LA LLORONA*

Ha ido a salvar a un chico guapísimo. Un tal Cedric Diggory.

Harry se da cuenta enseguida de lo que ha pasado y se queda horrorizado.

PROFESORA MCGONAGALL

Pero ¡si Cedric Diggory murió hace muchos años!

MYRTLE *LA LLORONA*

Pues él parecía muy convencido de que podría sortear ese inconveniente. Tu hijo tiene una gran seguridad en sí mismo, Harry, igual que tú.

HARRY

Me oyó hablar con Amos Diggory. Podría tener... el giratiempo del ministerio. No, es imposible.

PROFESORA MCGONAGALL

¿Que el ministerio tiene un giratiempo? Creía que se habían destruido todos.

MYRTLE *LA LLORONA*

¿Verdad que son todos muy traviesos?

DRACO

¿Alguien puede explicarme qué está pasando, por favor?

HARRY

No es que Albus y Scorpius aparezcan y desaparezcan. Es que están viajando. Viajando en el tiempo.

Acto II. Escena 20.

Torneo de los Tres Magos. Lago. 1995

LUDO BAGMAN

¡Damas y caballeros, niños y niñas, bienvenidos al formidable... al extraordinario... al incomparable TORNEO DE LOS TRES MAGOS!

Los de Hogwarts, gritad conmigo: ¡hurra!

Se oye una fuerte ovación.

Albus y Scorpius bucean en el lago. Descienden con gracia y agilidad.

LUDO BAGMAN

Los de Durmstrang, gritad conmigo: ¡hurra!

Se oye una fuerte ovación.

LUDO BAGMAN

¡Y LOS DE BEAUXBATONS, GRITAD CONMIGO: HURRA!

Un aplauso esta vez menos tímido.

LUDO BAGMAN

Los franceses se están animando.

¡Allá van! Viktor se ha transformado en tiburón, cómo no, Fleur está muy guapa, el valeroso Harry utiliza branquialgas... muy astuto, Harry, muy astuto... y Cedric... en fin, Cedric, qué emocionante, damas y caballeros: Cedric ha optado por utilizar un encantamiento casco-burbuja para atravesar el lago.

Cedric Diggory se acerca a ellos con la cabeza dentro de una burbuja. Albus y Scorpius levantan sus varitas a la vez y le lanzan un encantamiento aumentador a través del agua.

Cedric se da la vuelta y los mira, confuso. El encantamiento lo alcanza. Y a su alrededor el agua se vuelve dorada.

Y entonces Cedric empieza a crecer, a crecer, y crece aún más.

Mira alrededor, presa del pánico. Los muchachos se quedan mirando cómo Cedric asciende, sin poder evitarlo, hacia la superficie.

LUDO BAGMAN

¡Oh, no! ¿Qué es esto? Cedric Diggory está emergiendo del agua y, por lo tanto, queda fuera de la competición. Damas y caballeros, todavía no tenemos un ganador, pero evidentemente ya tenemos un perdedor. Cedric Diggory se está convirtiendo en un globo, y ese globo quiere salir volando. ¡Vuela, damas y caballeros, vuela! Se va volando de la prueba y del torneo, y... ¡qué ven mis ojos! ¡No sólo eso! Alrededor de Cedric hay una explosión de fuegos artificiales que forman el lema «Ron ama a Hermione». Y al público le encanta. Damas y caballeros, ¡la cara que pone Cedric! Es todo un poema, es todo un espectáculo, es toda una tragedia. Esto es una humillación, no hay otra palabra para describirlo.

Bajo el agua, Albus sonríe de oreja a oreja y entrechoca las manos con Scorpius.

Albus señala hacia arriba y Scorpius asiente, y empiezan a nadar hacia la superficie. Mientras Cedric se eleva, la gente empieza a reír, y todo cambia.

Todo se vuelve más oscuro. De hecho, todo se vuelve casi negro.

Hay un destello. Y un estallido. Y el giratiempo se detiene. Y volvemos a estar en el presente.

De pronto, disparado desde el fondo del lago, Scorpius emerge triunfante.

SCORPIUS

¡Yujuuuuu!

Mira alrededor, sorprendido. ¿Dónde está Albus? Levanta los brazos.

SCORPIUS
¡Lo conseguimos!

Espera un momento más.

SCORPIUS
¿Albus?

Albus sigue sin salir del agua. Scorpius se mantiene a flote, piensa un poco y vuelve a sumergirse.

Al cabo de un momento vuelve a salir a la superficie. Ahora, presa del pánico. Mira alrededor.

SCORPIUS
¡Albus! ¡Albus! ¡Albus!

Se oye un susurro en pársel, que se extiende por toda la sala. Ya viene. Ya viene. Ya viene.

DOLORES UMBRIDGE
Scorpius Malfoy. Sal del lago. Sal del lago ahora mismo.

Lo saca del agua.

SCORPIUS
Señorita, necesito ayuda. Por favor, señorita.

DOLORES UMBRIDGE
¿Señorita? Soy la profesora Umbridge, la directora de tu colegio, y no una «señorita».

SCORPIUS
¿Usted es la directora? Pero si...

DOLORES UMBRIDGE
Sí, soy la directora. Y por muy importante que sea tu familia, no tienes excusa para perder el tiempo ni para hacer el tonto.

SCORPIUS
Pero es que hay un chico en el agua. Vaya a pedir ayuda, por favor. Estoy buscando a mi amigo, señorita. Profesora.

Directora. Es un alumno de Hogwarts, señorita. Estoy buscando a Albus Potter.

DOLORES UMBRIDGE

¿Potter? ¿Albus Potter? No hay ningún alumno que se llame así. De hecho, desde hace muchos años no hay ningún Potter en Hogwarts. Y el último no acabó nada bien. Más que descansar en paz, Harry Potter debe de estar descansando en eterna vergüenza. Era un auténtico alborotador.

SCORPIUS

¿Harry Potter está muerto?

De pronto, un soplo de viento recorre todo el teatro. Alrededor del público se alzan unas túnicas negras. Unas túnicas negras que se convierten en figuras negras. Que se convierten en dementores.

Los dementores sobrevuelan la platea. Figuras negras y siniestras, fuerzas negras y siniestras. Son temibles. Y sorben el espíritu que hay en la sala.

Sigue soplando el viento. Esto es el infierno. Y entonces, del fondo de la sala surge un susurro que se extiende por todas partes. Unas palabras pronunciadas por una voz inconfundible. La voz de Voldemort.

Haaarry Pooottttter.

La pesadilla de Harry se ha hecho realidad.

DOLORES UMBRIDGE

¿Te has tragado algo raro bajo el agua? ¿Te has convertido en un Sangre sucia sin que lo notáramos? Harry Potter murió hace más de veinte años, durante aquel golpe fracasado que hubo en el colegio. Fue uno de los terroristas de Dumbledore a los que derrotamos con gran valor en la Batalla de Hogwarts. Vamos. No sé a qué juegas, pero estás molestando a los dementores y nos vas a arruinar el Día de Voldemort.

Los susurros en pársel son cada vez más fuertes, atronadores, y unos estandartes gigantescos con símbolos de serpientes descienden sobre el escenario.

SCORPIUS
¿El Día de Voldemort?

Se apagan las luces.

FIN DE LA PRIMERA PARTE

SEGUNDA PARTE

Acto III. Escena 1.

Hogwarts. Despacho de Dolores Umbridge

Scorpius entra en el despacho de Dolores Umbridge. Lleva una túnica muy oscura, de un negro intenso. Su semblante denota preocupación. Se mantiene tenso y alerta.

DOLORES UMBRIDGE
Scorpius. Muchas gracias por venir a verme.

SCORPIUS
Directora.

DOLORES UMBRIDGE
Como bien sabes, Scorpius, llevo mucho tiempo pensando que tienes aptitudes para ser delegado. Sangre limpia, madera de líder, cuerpo atlético...

SCORPIUS
¿Atlético?

DOLORES UMBRIDGE
No seas modesto, Scorpius. Te he visto en el campo de quidditch, no se te escapa ni una sola snitch. Eres un alumno muy apreciado. Muy apreciado por los profesores. Y especialmente por mí. Te he elogiado ampliamente en mis informes al Augurey. Gracias al trabajo que hemos realizado juntos para deshacernos de los alumnos diletantes, este colegio es un lugar más seguro y más puro.

SCORPIUS
¿Ah, sí?

Se oye un grito en off. Scorpius vuelve la cabeza hacia él, pero descarta lo que ha pensado. Debe controlarse y está decidido a hacerlo.

DOLORES UMBRIDGE

Sin embargo, desde hace tres días, desde que te encontré en aquel lago el Día de Voldemort, te noto cada vez más raro. Me preocupa, sobre todo, esta repentina obsesión que tienes por Harry Potter.

SCORPIUS

Yo no...

DOLORES UMBRIDGE

No paras de preguntar a todo el mundo sobre la Batalla de Hogwarts. Sobre cómo murió Potter. Por qué murió Potter. Y esa absurda fascinación por Cedric Diggory... Scorpius, te hemos examinado para ver si te habían hecho algún maleficio o alguna maldición, pero no hemos encontrado nada. Por eso quería preguntarte si puedo hacer algo para... Para que vuelvas a ser el de antes.

SCORPIUS

No. No. Estoy bien. Considéreme recuperado. Aberración transitoria. Nada más.

DOLORES UMBRIDGE

Entonces, ¿podemos seguir trabajando juntos?

SCORPIUS

Sí, claro.

Dolores Umbridge se lleva una mano al corazón y luego junta las muñecas.

DOLORES UMBRIDGE

Por Voldemort y el Valor.

SCORPIUS *(trata de imitarla)*

Por... Esto... sí.

Acto III. Escena 2.

Hogwarts. Terrenos

KARL JENKINS

¡Eh, Rey Escorpión!

Choca los cinco con Scorpius. A éste le duele, pero se aguanta.

YANN FREDERICKS

Sigue en pie, ¿no? Lo de mañana.

KARL JENKINS

Porque estamos preparados para sacarle las tripas a más de un Sangre sucia.

POLLY CHAPMAN

Scorpius.

Polly Chapman está de pie en una escalera, Scorpius se vuelve hacia ella, sorprendido de oírle pronunciar su nombre.

SCORPIUS

¿Polly Chapman?

POLLY CHAPMAN

¿Podemos ir al grano? Me consta que todos están impacientes por saber a quién se lo vas a pedir, porque... bueno, a alguien tendrás que pedírselo, y a mí ya me lo han pedido tres personas y sé que no soy la única que las ha rechazado a todas. Por si... bueno, por si me lo pidieras tú.

SCORPIUS

Ya.

POLLY CHAPMAN

Lo cual sería fenomenal. Si es que te interesa. Y se rumorea que sí te interesa. Y sólo quiero aclarar, ahora mismo, que a mí también me interesa. Y eso no es ningún rumor. Es un hecho. Un hecho.

SCORPIUS

Ah, pues... genial, pero... ¿de qué estamos hablando?

POLLY CHAPMAN

Del Baile de la Sangre, por supuesto. De a quién tú, el Rey Escorpión, vas a llevar al Baile de la Sangre.

SCORPIUS

Tú, Polly Chapman, ¿me estás pidiendo que te lleve a... un baile?

Se oyen gritos a su espalda.

SCORPIUS

¿Qué son esos gritos?

POLLY CHAPMAN

Sangre sucias, ¿qué quieres que sean? En las mazmorras. Fue idea tuya, ¿no? ¿Y a ti qué te pasa? ¡Por Potter! Otra vez me he manchado los zapatos de sangre.

Se agacha y se limpia cuidadosamente la sangre de los zapatos.

POLLY CHAPMAN

Como dice el Augurey, el futuro está en nuestras manos. Por eso estoy aquí, para construir un futuro contigo. Por Voldemort y el Valor.

SCORPIUS

Por Voldemort y el Valor.

Polly se va. Scorpius la ve partir, angustiado. ¿Qué clase de mundo es éste, y qué papel le corresponde en él?

178

Acto III. Escena 3.

Ministerio de Magia. Despacho del jefe del Departamento de Seguridad Mágica

Draco está más imponente que nunca, envuelto en un aura de poder. A ambos lados del despacho cuelgan estandartes del Augurey, con el ave desplegada al estilo fascista.

DRACO
Llegas tarde.

SCORPIUS
¿Éste es tu despacho?

DRACO
Llegas tarde y no pides disculpas. A lo mejor eso significa que te has propuesto agravar el problema.

SCORPIUS
¿Eres el jefe de Seguridad Mágica?

DRACO
¡Cómo te atreves! ¡Cómo te atreves a ponerme en ridículo, hacerme esperar y, encima, no pedirme disculpas!

SCORPIUS
Lo siento.

DRACO
Señor.

SCORPIUS
Lo siento, señor.

DRACO
No te he criado para que seas negligente, Scorpius. No te he educado para que me hagas pasar vergüenza en Hogwarts.

SCORPIUS

¿Vergüenza, señor?

DRACO

Harry Potter. Haciendo preguntas sobre Harry Potter, ¿puede haber algo más vergonzoso? ¡Cómo te atreves a deshonrar el apellido Malfoy!

SCORPIUS

Oh, no. ¿Tú eres el responsable? No. No. No puede ser.

DRACO

Scorpius...

SCORPIUS

Sale en *El Profeta* de hoy. Tres magos que vuelan puentes para ver a cuántos muggles pueden matar con una sola explosión. ¿Has sido tú?

DRACO

Ten mucho cuidado.

SCORPIUS

Los campos de exterminio de los Sangre sucia, las torturas, los opositores quemados vivos. ¿Estás implicado en todo eso? Mamá siempre me decía que eras mejor persona de lo que yo creía, pero en realidad eres así, ¿no? Un asesino, un torturador, un...

Draco se levanta, agarra a Scorpius del cuello y lo lanza contra la mesa. Con una violencia terrible.

DRACO

No pronuncies su nombre en vano, Scorpius. No recurras a eso para anotarte puntos. Ella se merece algo mejor.

Scorpius no dice nada, está horrorizado y asustado. Draco se da cuenta. Lo suelta. No le gusta hacer daño a su hijo.

DRACO

Y no, esos imbéciles que se dedican a masacrar muggles no tienen nada que ver conmigo, aunque será a mí a quien el Augurey encargará que soborne al primer ministro muggle con oro. ¿Es verdad que tu madre dijo eso de mí?

SCORPIUS

Me contó que a mi abuelo ella no le caía bien, que se oponía a la boda. Porque era demasiado benévola con los muggles, demasiado débil. Pero que tú lo desobedeciste. Me dijo que era el mayor acto de valentía que había visto.

DRACO

Tu madre hacía que fuera muy fácil ser valiente.

SCORPIUS

Pero ése no eras tú, era otro.

Mira a su padre, que lo mira a su vez con el ceño fruncido.

SCORPIUS

Yo he hecho cosas malas, y tú otras peores. ¿En qué nos hemos convertido, papá?

DRACO

No nos hemos convertido en nada. Simplemente, somos como somos.

SCORPIUS

Los Malfoy. Una familia en la que siempre se puede confiar para hacer del mundo un lugar más tenebroso.

El comentario da en el blanco; Draco se queda mirando a Scorpius.

DRACO

Lo que te está pasando en el colegio, ¿a qué se debe?

SCORPIUS

No quiero ser quien soy.

DRACO

¿Y a qué viene eso?

Scorpius busca desesperadamente la forma de contar su historia.

SCORPIUS

Me he visto de una forma diferente.

DRACO

¿Sabes qué es lo que más me gustaba de tu madre? Que siempre me ayudaba a encontrar la luz en la oscuridad. Gracias a ella, el mundo, o por lo menos mi mundo, era menos... ¿Cómo lo has llamado? Menos tenebroso.

SCORPIUS

¿Ah, sí?

Draco observa con atención a su hijo.

DRACO

Te pareces más a ella de lo que yo creía.

Pausa mínima. Draco sigue mirando a su hijo.

DRACO

Hagas lo que hagas, ten cuidado. No puedo perderte también a ti.

SCORPIUS

Sí, señor.

Draco lo mira con atención una última vez, esforzándose por entenderlo.

DRACO

Por Voldemort y el Valor.

Scorpius lo mira y sale de la habitación.

SCORPIUS

Por Voldemort y el Valor.

Acto III. Escena 4.

Hogwarts. Biblioteca

Scorpius entra en la biblioteca y se pone a buscar deses-peradamente entre los libros. Encuentra un tratado de historia.

SCORPIUS

¿Cómo se convirtió Cedric en un mortífago? ¿Qué se me ha escapado? Necesito un poco de... luz en la oscuridad.

CRAIG BOWKER JR.

¿Qué haces aquí?

Scorpius se da la vuelta y mira a Craig Bowker JR., que parece muy angustiado y lleva la ropa hecha jirones.

SCORPIUS

¿Por qué no puedo estar aquí?

CRAIG BOWKER JR.

Todavía no he terminado. No puedo trabajar más rápi-do. Snape nos pone muchos deberes, y tengo que escribir de dos formas distintas. Bueno, no es que me queje... Lo siento.

SCORPIUS

Vuelve a empezar. Desde el principio. ¿Qué es eso que no has terminado?

CRAIG BOWKER JR.

Tus deberes de Pociones. Y no tengo ningún inconve-niente en hacértelos, incluso te lo agradezco. Sé que odias los deberes y los libros, y ya sabes que yo nunca te he fa-llado.

SCORPIUS

¿Que odio los deberes?

CRAIG BOWKER JR.

Eres el Rey Escorpión. Claro que odias los deberes. ¿Qué haces leyendo *Historia de la magia*? Ese trabajo también puedo hacértelo yo.

Pausa. Scorpius mira a Craig un instante y se da la vuelta. Craig se va.

Al cabo de un momento, Scorpius regresa con el ceño fruncido.

SCORPIUS

¿Ha dicho Snape?

Acto III. Escena 5.

Hogwarts. Clase de Pociones

Scorpius irrumpe en el aula de Pociones. Cierra de un portazo. Snape levanta la cabeza y lo mira.

SNAPE

¿Nadie te ha enseñado a llamar a la puerta, muchacho?

Scorpius mira a Snape, casi sin aliento, algo inseguro, algo exultante.

SCORPIUS

Severus Snape. Es un honor.

SNAPE

Profesor Snape, si no te importa. Puede que en este colegio te comportes como un rey, Malfoy, pero eso no nos convierte a todos en tus súbditos.

SCORPIUS

Pero es que usted es la respuesta...

SNAPE

No sabes cuánto me complace. Si tienes algo más que decirme, muchacho, dímelo. Y si no, cierra la puerta al salir.

SCORPIUS

Necesito su ayuda.

SNAPE

Vivo para servir a los demás.

SCORPIUS

Lo que pasa es que no sé qué ayuda... necesito. ¿Todavía sigue en la clandestinidad? ¿Todavía trabaja en secreto para Dumbledore?

SNAPE

¿Dumbledore? Dumbledore está muerto. Y yo no trabajaba en secreto para él. Enseñaba en este colegio.

SCORPIUS

No. No hacía sólo eso. Él le encargó que vigilara a los mortífagos. Usted le aconsejaba. Todos creyeron que usted lo había asesinado, pero resultó que estaba apoyándolo. Usted salvó... el mundo.

SNAPE

Estás haciendo unas acusaciones muy peligrosas, muchacho. Y no creas que el apellido Malfoy me impedirá imponerte un castigo.

SCORPIUS

¿Y si yo le dijera que hay otro mundo, un mundo donde Voldemort fue derrotado en la Batalla de Hogwarts, donde vencieron Harry Potter y el Ejército de Dumbledore? ¿Qué me diría entonces?

SNAPE

Te diría que esos rumores acerca de que el admirado Rey Escorpión de Hogwarts está perdiendo el juicio son fundados.

SCORPIUS

Alguien robó un giratiempo. Lo robé yo. Con Albus. Intentamos devolver a la vida a Cedric Diggory cuando estaba muerto. Quisimos impedir que ganara el Torneo de los Tres Magos. Pero, al hacerlo, lo convertimos en una persona prácticamente distinta.

SNAPE

Ese Torneo de los Tres Magos lo ganó Harry Potter.

SCORPIUS

No tenía que ganarlo él solo. Se suponía que Cedric iba a ganarlo con él. Pero nosotros lo humillamos y abandonó el torneo. Y a consecuencia de esa humillación se hizo mortífago. No consigo entender qué pasó en la Batalla de Hogwarts —si mató a alguien o no—, pero algo hizo que lo cambió todo.

SNAPE

Cedric Diggory mató sólo a un mago, que tampoco era importante: Neville Longbottom.

SCORPIUS

¡Ah, claro! ¡Eso es! El profesor Longbottom era quien debía matar a *Nagini*, la serpiente de Voldemort. *Nagini* tenía que morir para que Voldemort pudiera morir. ¡Eso es! ¡Usted lo ha resuelto! Nosotros humillamos a Cedric, él mató a Neville y Voldemort ganó la batalla. ¿Lo ve? ¿Lo entiende?

SNAPE

Lo que veo es la clásica patraña Malfoy. Vete de aquí antes de que avise a tu padre y tengas un problema de verdad.

Scorpius piensa, y entonces, a la desesperada, se juega la última carta.

SCORPIUS

Usted estaba enamorado de la madre de Harry. De Lily. No me acuerdo de todo, pero sé que estaba enamorado de ella. Sé que pasó años trabajando en la clandestinidad. Sé que, sin usted, no se habría podido ganar la guerra. Dígame, ¿cómo iba a saber todo eso si no hubiera visto ese otro mundo?

Snape, abrumado, no dice nada.

SCORPIUS

Sólo lo sabía Dumbledore, ¿verdad? Y usted debió de sentirse muy solo cuando lo perdió. Sé que usted es un buen hombre. Harry Potter le contó a su hijo que es usted un gran hombre.

Snape mira a Scorpius sin saber qué está pasando. ¿Es una trampa? Está muy desconcertado.

SNAPE

Harry Potter está muerto.

SCORPIUS

En mi mundo no. Me dijo que usted era el hombre más valiente que había conocido. Él sabía lo que usted hizo por Dumbledore, claro, conocía su secreto. Y lo admiraba por ello, profundamente. Y por eso llamó a su hijo, mi mejor amigo, Albus Severus Potter.

Snape está petrificado. Profundamente emocionado.

SCORPIUS

Por favor. Por Lily, por el mundo. Ayúdeme.

Snape piensa, va hacia Scorpius y saca su varita. Scorpius da un paso atrás, asustado. Snape apunta con su varita hacia la puerta.

SNAPE

¡Fermaportus!

Un pestillo invisible bloquea la puerta. Snape abre una trampilla en el fondo del aula.

SNAPE

¡Venga, vamos!

SCORPIUS

Sólo una pregunta: ¿adónde vamos, exactamente?

SNAPE

Nosotros hemos tenido que trasladarnos muchas veces. Han ido destruyendo todas nuestras guaridas. Por aquí se llega a una habitación oculta entre las raíces del sauce boxeador.

SCORPIUS

De acuerdo. ¿Y quienes somos «nosotros»?

SNAPE

Ah, ya lo verás.

Acto III. Escena 6.

Casa de los Gritos

Una Hermione espectacular inmoviliza a Scorpius contra la mesa. Los ojos destellantes y la ropa desteñida le dan un aspecto de guerrera que la favorece mucho.

HERMIONE

Si mueves un solo dedo, te dejo con una rana en lugar de cerebro y con los brazos de goma.

SNAPE

No hace falta. Es de fiar. *(Pausa mínima.)* Nunca te ha gustado escuchar. Ya eras una pesada de alumna y sigues siendo una pesada de... lo que seas ahora.

HERMIONE

Era una alumna excelente.

SNAPE

Eras entre normal y corriente. ¡Está de nuestra parte!

SCORPIUS

Es verdad, Hermione.

Hermione mira a Scorpius, todavía con mucha desconfianza.

HERMIONE

Todos me llaman Granger. Y no me creo ni una palabra de lo que dices, Malfoy.

SCORPIUS

Es todo culpa mía. Es culpa mía. Y de Albus.

HERMIONE

¿De Albus? ¿Albus Dumbledore? ¿Qué tiene que ver Albus Dumbledore con esto?

SNAPE

No se refiere a Dumbledore. Será mejor que te sientes.

Ron entra precipitadamente. Lleva el pelo de punta. La ropa andrajosa no se le da tan bien como a Hermione.

RON

Snape, qué gran honor... *(Ve a Scorpius y enseguida se alarma.)* ¿Qué hace él aquí?

Saca la varita con torpeza.

RON

Estoy armado y soy... sumamente peligroso, y te aconsejo...

Se da cuenta de que ha sujetado la varita del revés y le da la vuelta.

RON

...que tengas mucho cuidado.

SNAPE

Es de fiar, Ron.

Ron mira a Hermione, que asiente.

RON

Demos gracias a Dumbledore.

Acto III. Escena 7.

Centro de Mando

Hermione, sentada, examina el giratiempo mientras Ron intenta asimilarlo todo.

RON

¿Me estás diciendo que toda la historia depende de Neville Longbottom? Es un disparate.

HERMIONE

Es la verdad, Ron.

RON

De acuerdo. Y estáis seguros porque...

HERMIONE

Por lo que sabe sobre Snape, y sobre todos nosotros. Si no fuera cierto, sería imposible que...

RON

A lo mejor es muy buen adivino.

SCORPIUS

No, no lo soy. ¿Van a ayudarme?

RON

Somos los únicos que podemos hacerlo. El Ejército de Dumbledore se ha reducido considerablemente desde su apogeo. De hecho, nosotros somos prácticamente lo único que queda de él, pero hemos seguido luchando. Escondidos a la vista de todos. Haciendo todo lo posible para tocarles las narices. Granger está en busca y captura. Y yo también.

SNAPE *(seco)*

Tú no tanto.

HERMIONE

Para que nos entendamos: en ese otro mundo... antes de que os inmiscuyerais...

SCORPIUS

Voldemort está muerto. Lo mataron en la Batalla de Hogwarts. Harry es jefe del Departamento de Seguridad Mágica. Usted es ministra de Magia.

Hermione se queda muy sorprendida, levanta la cabeza y sonríe.

HERMIONE

¿Que yo soy ministra de Magia?

RON *(que también quiere participar)*

¡Qué bien! ¿Y yo qué soy?

SCORPIUS

Usted dirige Sortilegios Weasley.

RON

Ah, muy bien, ella es ministra de Magia y yo... ¿tengo una tienda de artículos de broma?

Scorpius capta la expresión dolida de Ron.

SCORPIUS

Pero se dedica, sobre todo, al cuidado de sus hijos.

RON

Excelente. Espero que la madre sea un bombón.

SCORPIUS *(se sonroja)*

Bueno, esto... Eso depende de lo que usted piense de... Verá, el caso es que ustedes dos tienen hijos... juntos. Una niña y un niño.

Ron y Hermione se miran atónitos.

SCORPIUS

Están casados. Enamorados. Todo eso. La otra vez también les sorprendió mucho. Cuando usted era profesora de Defensa Contra las Artes Oscuras y Ron estaba casado con Padma. Siempre les sorprende mucho.

Hermione y Ron se miran, y luego desvían la mirada. Y entonces Ron vuelve a mirar a Hermione. Ron carraspea varias veces seguidas. Cada vez con menos convicción.

HERMIONE
Cierra la boca cuando me mires, Weasley.

Ron obedece, aunque sigue desconcertado.

HERMIONE
¿Y... Snape? ¿Qué hace Snape en ese otro mundo?

SNAPE
Supongo que estoy muerto.

Mira a Scorpius, cuyo rostro se ensombrece. Snape esboza una sonrisa.

SNAPE
Te sorprendiste demasiado al verme. ¿Cómo fue?

SCORPIUS
Con valentía.

SNAPE
¿Quién?

SCORPIUS
Voldemort.

SNAPE
¡Qué exasperante!

Se produce un silencio mientras Snape digiere la noticia.

SNAPE
De todas formas, supongo que tiene cierto mérito morir a manos del mismísimo Señor Tenebroso.

HERMIONE
Lo siento, Severus.

Snape la mira, se traga su dolor y señala a Ron con una inclinación de cabeza.

SNAPE
Bueno, al menos no estoy casado con él.

HERMIONE

¿Qué hechizos empleasteis?

SCORPIUS

Expelliarmus en la primera prueba y *engorgio* en la segunda.

RON

Ambos se solucionarían con un sencillo encantamiento escudo.

SNAPE

¿Y luego os marchasteis?

SCORPIUS

El giratiempo nos devolvió, sí. Eso es lo malo: con este giratiempo sólo puedes quedarte cinco minutos en el pasado.

HERMIONE

¿Y sólo te permite viajar en el tiempo, no en el espacio?

SCORPIUS

Sí, exacto. Regresas al mismo sitio donde estabas.

HERMIONE

Interesante.

Tanto Snape como Hermione saben qué significa eso.

SNAPE

Entonces, sólo el muchacho y yo.

HERMIONE

Sin ánimo de ofender, Snape: esa tarea no pienso confiársela a nadie, es demasiado importante.

SNAPE

Hermione, eres la rebelde más buscada del mundo de los magos. Para hacer esto, tendrás que salir al exterior. ¿Cuándo fue la última vez que saliste?

HERMIONE

Hace mucho, pero...

SNAPE

Si te encuentran fuera, los dementores te besarán y te sorberán el alma.

HERMIONE

Severus, estoy harta de contentarme con miserias, de organizar golpes condenados a fracasar. Ésta es nuestra oportunidad de reajustar el mundo.

Hace una seña con la cabeza y Ron despliega un mapa.

HERMIONE

La primera prueba del torneo se celebró en la linde del Bosque Prohibido. Allí, revertimos el tiempo, llegamos al torneo, bloqueamos el hechizo y regresamos sanos y salvos. Si actuamos con precisión podemos lograrlo, y nadie tiene por qué vernos la cara en nuestro tiempo. Luego volvemos a revertir el tiempo, vamos al lago y corregimos la segunda prueba.

SNAPE

Es demasiado arriesgado.

HERMIONE

Si sale bien, Harry sobrevive, Voldemort muere y el Augurey desaparece. Al lado de eso, ningún riesgo es demasiado grande. Aunque lamento el precio que te tocará pagar.

SNAPE

A veces hay que pagar un precio por nacer.

Se miran. Snape asiente, Hermione también. Snape esboza una mueca.

SNAPE

Eso no será una cita de Dumbledore, ¿no?

HERMIONE *(con una sonrisa)*

No, estoy segura de que es cosecha propia de Snape.

Se vuelve hacia Scorpius y señala el giratiempo.

HERMIONE

Malfoy.

Scorpius le acerca el giratiempo. Ella sonríe, entusiasmada por volver a utilizar un giratiempo, y más aún por utilizarlo con este fin.

HERMIONE
Esperemos que funcione.

Coge el giratiempo y le da un pequeño golpe con la varita. El giratiempo empieza a vibrar, hasta que estalla en una tormenta de movimiento.

Y enseguida hay un gigantesco destello de luz, acompañado de un gran estruendo.

El tiempo se detiene. Se da la vuelta, piensa un instante y empieza a girar hacia atrás.

Al principio, lentamente.

Hay un estallido y un fogonazo, y el grupo desaparece.

Acto III. Escena 8.

Linde del Bosque Prohibido. 1994

Vemos la escena de la Primera Parte representada otra vez, pero no en la zona delantera del escenario sino en el fondo. Distinguimos a Albus y Scorpius con sus uniformes de Durmstrang. Y oímos al «genial» (según él, claro) Ludo Bagman. Scorpius, Hermione, Ron y Snape observan atentos y preocupados.

LUDO

Cedric Diggory ha entrado en el recinto. Se lo ve preparado. Asustado, pero preparado. Esquiva por aquí, esquiva por allá. Las chicas suspiran cuando logra escabullirse. Todas chillan a la vez: ¡No le haga daño a nuestro Diggory, señor Dragón!

SNAPE

Esto se está alargando demasiado. El giratiempo sigue girando.

LUDO BAGMAN

Cedric amaga por la izquierda y se lanza hacia la derecha. Y enarbola su varita... ¿Qué sorpresa tendrá guardada en la manga este joven apuesto y valeroso?

En el instante en que Albus intenta arrebatarle la varita a Cedric, Hermione bloquea su hechizo. Albus mira su varita desconcertado, sin entender por qué no ha funcionado.

Y entonces el giratiempo empieza a girar, y todos lo miran atenazados por el miedo, y se ven arrastrados hacia él.

LUDO

Un perro. Ha transformado una piedra en un perro. ¡Cedric Diggory, qué animal, eres un genio!

Acto III. Escena 9.

Linde del Bosque Prohibido

Han regresado del pasado a la linde del bosque, y Ron está muy dolorido. Snape mira alrededor y se percata de inmediato de lo complicado de la situación.

RON
> ¡Ay! ¡Ay! ¡Aaaaaay!

HERMIONE
> ¡Ron! ¡Ron! ¿Qué te ha pasado?

SNAPE
> Oh, no. Lo sabía.

SCORPIUS
> El giratiempo también le hizo algo a Albus la primera vez que viajamos en el tiempo.

RON
> Podías... ¡ay!... habérnoslo dicho... antes.

SNAPE
> Estamos expuestos. Tenemos que irnos de aquí. Ahora mismo.

HERMIONE
> Puedes andar, Ron. Vamos.

Ron se incorpora aullando de dolor. Snape levanta la varita.

SCORPIUS
> ¿Ha funcionado?

HERMIONE
> Hemos bloqueado el hechizo. Cedric ha conservado su varita. Sí, ha funcionado.

SNAPE

Pero no hemos aparecido en el sitio adecuado. Estamos al aire libre. Estáis al aire libre.

RON

Tenemos que volver a usar el giratiempo... para salir de aquí.

SNAPE

Tenemos que refugiarnos en algún sitio. Estamos completamente desprotegidos.

De pronto, una corriente de aire gélido circula por todo el teatro.

En torno al público se alzan unas túnicas negras. Unas túnicas negras que se convierten en figuras negras. Que se convierten en dementores.

HERMIONE

Demasiado tarde.

SNAPE

Esto es una catástrofe.

HERMIONE *(se da cuenta de lo que tiene que hacer)*

Vienen a por mí, no a por vosotros.

Ron: te quiero. Siempre te he querido. Pero tenéis que echar a correr los tres. ¡Ya! ¡Corred!

RON

¿Qué?

SCORPIUS

¿Qué?

RON

¿Antes no podemos hablar de eso del amor?

HERMIONE

Todavía estamos en el mundo de Voldemort. Y yo ya no lo aguanto más. Sólo falta intervenir en la siguiente prueba, y todo cambiará.

SCORPIUS
Pero te besarán. Te sorberán el alma.

HERMIONE
Y entonces vosotros cambiaréis el pasado. Y no me la sorberán. ¡Venga! ¡Rápido!

Los dementores los perciben. Por todas partes, entre aullidos, descienden unas figuras.

SNAPE
¡Vamos! Rápido.

Arrastra del brazo a Scorpius, que se deja llevar por él.

Hermione mira a Ron.

HERMIONE
Tú también tienes que irte.

RON
Bueno, en cierto modo, también vienen a por mí, y además estoy muy dolorido. Verás, prefiero quedarme. *¡Expecto...!*

Ron va a lanzar el hechizo, pero Hermione le sujeta el brazo.

HERMIONE
Retengámoslos aquí, y así el muchacho tendrá más posibilidades.

Ron la mira y asiente, apesadumbrado.

HERMIONE
Una hija...

RON
Y un hijo. A mí también me atraía la idea.

Mira alrededor. Sabe lo que le espera.

RON
Tengo miedo.

HERMIONE
Bésame.

Ron lo piensa y lo hace. De pronto se ven arrastrados y separados. Y quedan inmovilizados en el suelo. Vemos salir de sus cuerpos una nube de un dorado pálido. Les han sorbido el alma. Es aterrador.

Scorpius los observa, impotente.

SNAPE
Vamos hasta la orilla. Camina. No corras.

Snape mira a Scorpius.

SNAPE
No pierdas la calma, Scorpius. Puede que sean ciegos, pero perciben tu miedo.

Scorpius mira a Snape.

SCORPIUS
Les han sorbido el alma.

Un dementor desciende en picado hacia ellos y se planta delante de Scorpius.

SNAPE
Piensa en otra cosa, Scorpius. Mantén la mente ocupada.

SCORPIUS
Tengo frío. No veo nada. Hay una niebla dentro de mí, me rodea...

SNAPE
Tú eres un rey y yo soy un profesor. Sólo atacarán si tienen un buen motivo para hacerlo. Piensa en tus seres queridos, piensa en por qué haces esto.

SCORPIUS
Oigo a mi madre. Quiere... quiere que la ayude, pero sabe que no puedo.

SNAPE
Escúchame bien, Scorpius. Piensa en Albus. Estás renunciando a tu reino por Albus, ¿no es eso?

Scorpius está indefenso. Consumido por todo lo que le hace sentir el dementor.

SNAPE

Una persona. Con una persona basta. No pude ofrecerle a Lily la salvación de Harry. Por eso ahora ofrezco mi lealtad a la causa en la que ella creía. Y es posible... que haya empezado a creer en esa causa yo también.

Scorpius mira a Snape y sonríe. Se aparta con firmeza del dementor.

SCORPIUS

El mundo cambia y nosotros cambiamos con él. A mí me van mejor las cosas en este mundo. Pero el mundo no es mejor. Y eso no es lo que yo quiero.

De pronto, Dolores Umbridge aparece ante ellos.

DOLORES UMBRIDGE

¡Profesor Snape!

SNAPE

Profesora Umbridge.

DOLORES UMBRIDGE

¿Se ha enterado? Hemos capturado a esa traidora Sangre sucia, Hermione Granger. Estaba aquí mismo.

SNAPE

Es... fantástico.

Umbridge mira fijamente a Snape. Él le sostiene la mirada.

DOLORES UMBRIDGE

Y estaba con usted. Granger estaba con usted.

SNAPE

¿Conmigo? Se equivoca.

DOLORES UMBRIDGE

Con usted y con Scorpius Malfoy. Un alumno que cada vez me preocupa más.

SCORPIUS

Es que...

SNAPE

Llegamos tarde a una clase, Dolores, así que, si nos disculpa...

DOLORES UMBRIDGE

Si llegan tarde a una clase, ¿por qué no se dirigen hacia el colegio? ¿Por qué se dirigen hacia el lago?

Hay un momento de silencio total. Y de repente Snape hace algo absolutamente insólito: sonríe.

SNAPE

¿Desde cuándo lo sospecha?

Dolores Umbridge se eleva repentinamente del suelo. Despliega los brazos, rebosante de magia oscura. Saca su varita.

DOLORES UMBRIDGE

Desde hace años. Y debí actuar mucho antes.

Snape es más rápido que ella con la varita.

SNAPE

¡Depulso!

Dolores sale volando hacia atrás.

SNAPE

Esta mujer siempre se dio demasiados aires. Ahora ya no hay vuelta atrás.

El cielo se ennegrece aún más a su alrededor.

SNAPE

¡Expecto patronum!

Snape lanza un patronus, la hermosa silueta blanca de una cierva.

SCORPIUS

¿Una cierva? ¿El patronus de Lily?

SNAPE

Extraño, ¿verdad? Las cosas que nos salen de dentro.

De pronto empiezan a aparecer dementores por todas par-
tes. Snape sabe lo que significa.

SNAPE

Tienes que correr. Yo los detendré todo el tiempo que
pueda.

SCORPIUS

Gracias por ser mi luz en la oscuridad.

Snape lo mira, un héroe de pies a cabeza, y sonríe con
ternura.

SNAPE

Dile a Albus... Dile a Albus Severus que me enorgullece
que lleve mi nombre. Y ahora, vete. ¡Corre!

La cierva mira hacia Scorpius y echa a correr.

Scorpius piensa y corre detrás de la cierva. A su alrededor
todo se vuelve aún más aterrador. De un lado del escena-
rio surge un grito que hiela la sangre. Scorpius ve el lago
y se tira al agua.

Snape se prepara.

Primero lo golpean con fuerza contra el suelo y luego lo
lanzan bruscamente por los aires, al mismo tiempo que le
arrebatan el alma. Y los gritos se multiplican.

La cierva se vuelve hacia él, lo mira con sus hermosos ojos
y desaparece.

Hay un estallido y un destello. Y luego, silencio. Y luego,
más silencio.

Todo está quieto, en paz, en una calma perfecta.

Y entonces, Scorpius sale a la superficie. Respira pesa-
damente. Mira a su alrededor, aterrorizado, soltando pro-
fundas bocanadas. Alza la vista al cielo, que, efectivamen-
te, parece más azul que antes.

A continuación, Albus emerge también. Se produce un si-
lencio. Scorpius mira a Albus, incrédulo. Ambos respiran
aparatosamente.

ALBUS

¡Uau!

SCORPIUS

¡ALBUS!

ALBUS

¡Por los pelos! ¿Has visto al tritón? ¿Y ese tipo con...?
¿Y a esa cosa que...? ¡Uau!

SCORPIUS

¡Eres tú!

ALBUS

Ha sido muy raro. Me ha parecido ver que Cedric empezaba a expandirse... Pero entonces ha sido como si se
encogiera otra vez... Y te he mirado y he visto que tenías
la varita en la mano...

SCORPIUS

No tienes ni idea de cómo me alegro de volver a verte.

ALBUS

Pero si acabas de verme hace dos minutos.

Scorpius abraza a Albus en el agua, una tarea difícil.

SCORPIUS

Han pasado muchas cosas desde entonces.

ALBUS

Cuidado. Me vas a ahogar. ¿Qué llevas puesto?

SCORPIUS

¿Que qué llevo puesto? *(Se quita la capa.)* ¿Qué llevas
tú? ¡Sí! Estás en Slytherin.

ALBUS

¿Ha funcionado? ¿Hemos conseguido algo?

SCORPIUS

No. Y eso es lo fabuloso.

Albus lo mira con incredulidad.

ALBUS

¿Cómo? ¿Hemos fallado?

SCORPIUS

¡Sí! ¡Y eso es lo increíble!

Scorpius chapotea en el agua. Albus sale a pulso por el borde.

ALBUS

Scorpius. ¿Has vuelto a comer demasiadas golosinas?

SCORPIUS

Así me gusta, claro que sí... ese humor seco, tan tuyo. Me encanta.

ALBUS

Estoy empezando a preocuparme de verdad.

De pronto, aparece Harry y se acerca corriendo a la orilla. Y al cabo de un instante llegan Draco, Ginny y la profesora McGonagall.

HARRY

Albus. ¡Albus! ¿Estás bien?

SCORPIUS *(rebosante de alegría)*

¡Harry! ¿Es Harry Potter? Y Ginny. Y la profesora McGonagall. Y mi padre. Hola, papá.

DRACO

Hola, Scorpius.

ALBUS

Habéis venido todos.

GINNY

Sí, y Myrtle nos lo ha contado todo.

ALBUS

¿Qué está pasando?

PROFESORA MCGONAGALL

Tú eres el que acaba de regresar de un viaje por el tiempo. ¿Por qué no nos lo explicas?

Scorpius se da cuenta inmediatamente de que lo saben.

SCORPIUS
Oh, no. Qué fastidio. ¿Dónde estará?

ALBUS
Que acabo de volver... ¿de dónde?

SCORPIUS
¡Lo he perdido! ¡He perdido el giratiempo!

ALBUS *(mirando a Scorpius muy enfadado)*
¿Que has perdido qué?

HARRY
Es inútil que sigas fingiendo, Albus.

PROFESORA MCGONAGALL
Me parece que tienes que explicarnos muchas cosas.

Acto III. Escena 10.

Hogwarts. Despacho de la directora

Draco, Ginny y Harry están de pie detrás de Scorpius y Albus, que parecen compungidos. McGonagall está que echa humo.

PROFESORA MCGONAGALL
Veamos. Para que todos lo tengamos claro. Saltasteis sin permiso del expreso de Hogwarts, entrasteis a robar en el Ministerio de Magia, decidisteis revertir el tiempo sin decir nada, con lo cual hicisteis desaparecer a dos personas...

ALBUS
Admito que no suena nada bien.

PROFESORA MCGONAGALL
Y vuestra reacción al comprobar que habíais hecho desaparecer a Hugo y Rose Granger-Weasley fue volver a retroceder en el tiempo, y, esta vez, en lugar de perder a dos personas, perdisteis a un montón de gente y matasteis a tu padre, con lo cual resucitasteis al mago más maligno que el mundo ha conocido e inaugurasteis una nueva era de la magia oscura. *(Seca.)* Tienes razón, Potter, no suena nada bien, ¿verdad que no? ¿Os dais cuenta de lo estúpidos que habéis sido?

SCORPIUS
Sí, profesora.

Albus titubea un instante. Mira a Harry.

ALBUS
Sí.

HARRY
Profesora, si me permite...

PROFESORA MCGONAGALL

No, no te permito nada. Lo que decidáis hacer como padres es asunto vuestro, pero éste es mi colegio, y éstos son mis alumnos, y por tanto soy yo quien escoge el castigo que se les impone.

DRACO

Me parece justo.

Harry mira a Ginny, que niega con la cabeza.

PROFESORA MCGONAGALL

Debería expulsaros, pero *(lanza una mirada a Harry)* pensándolo bien... creo que quizá sea más seguro que permanezcáis a mi cargo. Estáis castigados hasta... bueno, durante el resto del curso. Os quedaréis sin Navidad. Y ya podéis olvidaros de volver a pisar Hogsmeade. Y esto sólo es el principio.

De pronto, Hermione irrumpe en la habitación. Muy enérgica y decidida.

HERMIONE

¿Qué me he perdido?

PROFESORA MCGONAGALL *(furibunda)*

Se considera de buena educación llamar a la puerta antes de entrar en una habitación, Hermione Granger. Eso es lo que te has perdido.

HERMIONE *(dándose cuenta de que se ha pasado de la raya)*
Ah.

PROFESORA MCGONAGALL

Si pudiera castigarte a ti, ministra, también lo haría. ¡A quién se le ocurre conservar nada más y nada menos que un giratiempo!

HERMIONE

En mi defensa...

PROFESORA MCGONAGALL

¡Y en una estantería! ¡Lo guardaste en una estantería! Parece un chiste.

HERMIONE
Minerva... *(Respira hondo.)* Profesora McGonagall...

PROFESORA MCGONAGALL
¡Tus hijos no existían!

Hermione se queda sin respuesta.

PROFESORA MCGONAGALL
Esto ha sucedido en mi colegio, bajo mi responsabilidad. Después de todo lo que hizo Dumbledore, yo no soportaría seguir viviendo si...

HERMIONE
Ya lo sé.

La profesora McGonagall intenta serenarse.

PROFESORA MCGONAGALL *(a Albus y Scorpius)*
Vuestros intentos de salvar a Cedric, aunque descabellados, eran honorables. Y por lo visto, Scorpius, demostraste un gran valor. Y tú también, Albus, pero la lección que incluso tu padre a veces desoía es que la valentía no perdona la estupidez. Pensad, siempre. Pensad en las posibilidades. Un mundo controlado por Voldemort es...

SCORPIUS
Un mundo horroroso.

PROFESORA MCGONAGALL
Sois muy jóvenes. *(Mira a Harry, Draco, Ginny y Hermione.)* Sois todos muy jóvenes. No podéis ni imaginar lo atroces que fueron las guerras de los magos. Habéis sido... temerarios con el mundo por cuya creación y conservación ciertas personas... ciertos amigos muy queridos, míos y vuestros, hicieron grandes sacrificios.

ALBUS
Sí, profesora.

SCORPIUS
Sí, profesora.

PROFESORA MCGONAGALL
Adelante. Marchaos. Todos. Y traedme ese giratiempo.

Acto III. Escena 11.

Hogwarts. Dormitorio de Slytherin

Albus está sentado en su habitación. Entra Harry y mira a su hijo. Está muy enojado, pero se esfuerza en disimularlo.

HARRY

Gracias por dejarme entrar.

Albus se vuelve y asiente. Él también se muestra prudente.

HARRY

De momento no ha habido suerte con la búsqueda del giratiempo. Están negociando con la gente del agua para dragar el lago.

Toma asiento, incómodo.

HARRY

Qué habitación tan bonita.

ALBUS

El verde es un color relajante, ¿verdad? Bueno, las habitaciones de Gryffindor también están muy bien, pero lo malo del rojo es que... Dicen que te altera los nervios. Bueno, no es ninguna indirecta...

HARRY

¿Puedes explicarme por qué intentaste hacer lo que hiciste?

ALBUS

Pensé que podía... cambiar las cosas. Pensé que Cedric... Es una injusticia.

HARRY

Claro que es injusto, Albus. ¿Crees que no lo sé? Yo estaba allí. Yo lo vi morir. Pero esto que has hecho... arriesgarlo todo...

ALBUS

Ya lo sé.

HARRY *(incapaz de seguir controlando su enfado)*

Si lo que pretendías era hacer como yo, te equivocaste de camino. Yo no viví esas aventuras por voluntad propia: me vi obligado. Hiciste una cosa temeraria de verdad, una cosa muy estúpida y peligrosa, una cosa que podría haberlo destruido todo.

ALBUS

Lo sé. De acuerdo. Lo sé.

Pausa. Albus se seca una lágrima, Harry se da cuenta y suspira. Se aparta del borde del precipicio.

HARRY

Bueno, yo también me equivoqué... al creer que Scorpius era hijo de Voldemort. La nube negra no era él.

ALBUS

No.

HARRY

He guardado el mapa bajo llave. No volverás a verlo. ¿Sabías que tu madre dejó tu habitación tal como estaba cuando te fugaste? No me dejaba entrar. No dejaba entrar a nadie. Casi se muere de miedo. Y yo también.

ALBUS

¿Que casi te mueres de miedo?

HARRY

Sí.

ALBUS

Yo creía que Harry Potter no le tenía miedo a nada.

HARRY

¿Ésa es la impresión que tienes de mí?

Albus mira a su padre, trata de entenderlo.

ALBUS

Supongo que Scorpius no lo dijo, pero cuando regresamos tras fracasar en la primera prueba, de pronto me encontré en la casa de Gryffindor, y las cosas no iban mucho mejor entre nosotros dos. Así que... que esté en Slytherin... no es la causa de nuestros problemas. No se trata sólo de eso.

HARRY

No. Ya lo sé. No se trata sólo de eso.

Harry mira a Albus.

HARRY

¿Estás bien, Albus?

ALBUS

No.

HARRY

Ya. Yo tampoco.

Acto III. Escena 12.

Sueño. Godric's Hollow. Cementerio

Harry Niño contempla una lápida cubierta de ramos de flores. Lleva un ramillete en una mano.

TÍA PETUNIA

Venga, deja tus mugrientas florecitas y vámonos. Odio este pueblecito de mala muerte, ni siquiera sé cómo se me ha ocurrido... Godric's Hollow. Un rincón sin alma, un nido de suciedad. ¡Vamos, andando, rapidito!

Harry Niño se acerca a la tumba. Se demora un momento.

TÍA PETUNIA

Venga, Harry, no tengo tiempo para tonterías. Esta noche Duddy tiene reunión de lobatos y ya sabes que no le gusta llegar tarde.

HARRY NIÑO

Tía Petunia. Somos sus últimos parientes vivos, ¿verdad?

TÍA PETUNIA

Sí, claro. Tú y yo.

HARRY NIÑO

Y... ¿no me dijiste que nadie los conocía y que no tenían amigos?

TÍA PETUNIA

Lily lo intentaba, la pobre, lo intentaba. No era culpa suya, pero tenía un carácter que ahuyentaba a la gente. Su intensidad, su actitud, sus... maneras. Y tu padre... era odioso, absolutamente odioso. No, no tenían ni un solo amigo. Ninguno de los dos.

214

HARRY NIÑO

Pues mi pregunta es... ¿por qué hay tantas flores? ¿Por qué su tumba está cubierta de flores?

Tía Petunia mira alrededor y es como si viera esas flores por primera vez. Está visiblemente conmovida. Se acerca a la tumba de su hermana, se sienta a su lado y se esfuerza por contener la emoción que la invade, pero termina sucumbiendo.

TÍA PETUNIA

Ah, sí. Bueno, sí, hay unas cuantas. Debe de haberlas traído el viento desde las otras tumbas. O las habrá puesto algún gracioso. Sí, creo que eso es lo más probable, habrá sido algún sinvergüenza que no tenía nada mejor que hacer. Habrá ido por ahí recogiendo flores de las otras tumbas y las habrá depositado aquí.

HARRY NIÑO

Pero es que todos esos ramos llevan sus nombres. «Lily y James, nunca olvidaremos lo que hicisteis...» «Lily y James, vuestro sacrificio...»

VOLDEMORT

Aquí huele a culpa. Hay en el aire un fuerte hedor a culpa.

TÍA PETUNIA *(a Harry Niño)*

Apártate. Apártate de ahí.

Tira de él. Voldemort levanta una mano por encima de la tumba de los Potter. Luego se eleva todo su cuerpo. No le vemos el rostro, pero el cuerpo nos ofrece una figura imponente, terrorífica.

TÍA PETUNIA

Lo sabía. Este sitio es peligroso. Cuanto antes nos marchemos de Godric's Hollow, mucho mejor.

Se lleva a Harry Niño del escenario, pero éste se vuelve para mirar a Voldemort.

VOLDEMORT

¿Todavía ves con mis ojos, Harry Potter?

215

Al mismo tiempo que Harry Niño se va, conmocionado, Albus surge de la capa de Voldemort y, desesperado, alarga un brazo hacia su padre.

ALBUS
Papá... Papá...

Se oyen unas palabras en pársel.

Ya viene. Ya viene. Ya viene.

Y luego, un grito.

Y entonces, del fondo de la sala surge un susurro que se extiende por todas partes. Unas palabras pronunciadas por una voz inconfundible. La voz de Voldemort.

Haaarry Pooottttter.

Acto III. Escena 13.

Casa de Harry y Ginny Potter. Cocina

Harry está muy trastornado. Horrorizado por lo que intentan decirle sus sueños.

GINNY

¡Harry! ¡Harry! ¿Qué pasa? Estabas gritando.

HARRY

No han parado. Los sueños.

GINNY

Es lógico que no hayan parado enseguida. Han sido unos días muy estresantes y...

HARRY

Pero es que nunca estuve en Godric's Hollow con Petunia. Esto no tiene...

GINNY

Harry, me estás asustando, en serio.

HARRY

Sigue aquí, Ginny.

GINNY

¿Quién sigue aquí?

HARRY

Voldemort. He visto a Voldemort y a Albus.

GINNY

¿Y a Albus?

HARRY

Decía... Voldemort decía... «Aquí huele a culpa. Hay en el aire un fuerte hedor a culpa.» Me lo decía a mí.

Harry mira a Ginny. Se toca la cicatriz. Ella se asusta.

GINNY

Harry, ¿Albus todavía está en peligro?

Harry empalidece.

HARRY

Creo que todos estamos en peligro.

Acto III. Escena 14.

Hogwarts. Dormitorio de Slytherin

Scorpius se inclina de forma alarmante sobre la cabecera de la cama de Albus.

SCORPIUS
Albus. Chist. Albus.

Albus no se despierta.

SCORPIUS
¡Albus!

Albus da un respingo y se despierta. Scorpius se ríe.

ALBUS
Muy agradable. Qué forma tan agradable y pacífica de despertarme.

SCORPIUS
Mira, es muy raro, pero después de haber estado en el sitio más espeluznante que uno pueda imaginar, controlo mucho mejor el miedo. Soy... Scorpius el Sinmiedo. Soy... Malfoy el Tranquilo.

ALBUS
Qué bien.

SCORPIUS
Antes, estar confinado, estar castigado hasta final de curso, habría podido conmigo, pero ahora, ¿qué es lo peor que me pueden hacer? ¿Traer a Voldy y que me torture? Imposible.

ALBUS
¿Sabes que cuando estás de buen humor das miedo?

SCORPIUS

Hoy, en la clase de Pociones, cuando ha venido Rose y me ha llamado Panadero, casi le doy un abrazo. No, sin el casi: he intentado abrazarla, pero ella me ha dado una patada en la espinilla.

ALBUS

No sé si lo de no tener miedo va a resultar bueno para tu salud.

Scorpius mira a Albus y se queda pensativo.

SCORPIUS

No sabes cuánto me alegro de volver a estar aquí, Albus. No me gustaba nada estar allí.

ALBUS

Menos cuando descubriste que le gustabas a Polly Chapman.

SCORPIUS

Cedric era completamente diferente: siniestro, peligroso. Mi padre... hacía todo lo que ellos querían. ¿Y yo? Descubrí a otro Scorpius, ¿sabes? Creído, colérico, malvado... La gente me tenía miedo. Es como si nos hubieran puesto a todos a prueba... y todos hubiéramos fracasado.

ALBUS

Pero tú cambiaste las cosas. Tuviste una oportunidad y revertiste el tiempo. Recuperaste tu identidad.

SCORPIUS

Sólo porque sabía quién debía ser.

Albus asimila esas palabras.

ALBUS

¿Crees que a mí también me han puesto a prueba? Lo han hecho, ¿verdad?

SCORPIUS

No. Aún no.

ALBUS

Te equivocas. Lo estúpido no fue retroceder en el tiempo una vez, ese error puede cometerlo cualquiera. Lo estúpido fue tener la arrogancia de retroceder en el tiempo una segunda vez.

SCORPIUS

Lo hicimos los dos, Albus.

ALBUS

Y yo, ¿por qué estaba tan decidido a hacerlo? ¿Por Cedric? ¿De verdad? No. Tenía algo que demostrar. Mi padre tiene razón... él no vivió esas aventuras por voluntad propia. Yo... esto... todo es culpa mía. Y de no ser por ti, todo podría haberse precipitado hacia la Oscuridad.

SCORPIUS

Pero no fue así. Y eso hay que agradecértelo a ti tanto como a mí. Cuando los dementores se metieron... en mi cabeza... Severus Snape me dijo que pensara en ti. Puede que no estuvieras allí, Albus, pero estabas luchando, luchando junto a mí.

Albus asiente, conmovido por estas palabras.

SCORPIUS

Y lo de salvar a Cedric... no fue una idea tan mala, por lo menos no pensé que lo fuera. Pero sabes que en ningún caso podemos volver a intentarlo, ¿no?

ALBUS

Sí, ya lo sé.

SCORPIUS

Muy bien. Entonces puedes ayudarme a destruir esto.

Scorpius le enseña el giratiempo a Albus.

ALBUS

Recuerdo perfectamente que dijiste a todo el mundo que se había quedado en el fondo del lago.

SCORPIUS

Resulta que Malfoy el Tranquilo miente muy bien.

ALBUS

Scorpius... Deberíamos contárselo a alguien.

SCORPIUS

¿A quién? El ministerio ya lo conservó antes, ¿vas a confiar en que no hagan lo mismo ahora? Sólo tú y yo hemos experimentado lo peligroso que es, y eso significa que tenemos que destruirlo nosotros, Albus. No podemos permitir que nadie haga lo que nosotros hicimos. Nadie. No *(con cierta grandilocuencia)*, ha llegado la hora de que revertir el tiempo sea cosa del pasado.

ALBUS

Estás muy orgulloso de esa frase, ¿no?

SCORPIUS

Llevo todo el día preparándola.

Acto III. Escena 15.

Hogwarts. Dormitorio de Slytherin

Harry y Ginny recorren el dormitorio. Craig Bowker JR. va detrás de ellos.

CRAIG BOWKER JR.
¿Tengo que repetirlo? Esto va contra las normas. Y además, estábamos durmiendo.

HARRY
Tengo que encontrar a mi hijo.

CRAIG BOWKER JR.
Sé muy bien quién es usted, señor Potter, pero hasta usted tiene que entender que va contra los estatutos del colegio que los padres o los profesores entren en las dependencias de una casa sin el permiso explícito de...

La profesora McGonagall entra muy decidida.

PROFESORA MCGONAGALL
Por favor, no seas pesado, Craig.

HARRY
¿Ha recibido nuestro mensaje? Estupendo.

CRAIG BOWKER JR. *(sorprendido)*
Directora. Yo... yo sólo...

Harry aparta la cortina de la cama.

PROFESORA MCGONAGALL
¿Se ha ido?

HARRY
Sí.

PROFESORA MCGONAGALL
    ¿Y el joven Malfoy?

Ginny descorre otra cortina.

GINNY
    Oh, no.

PROFESORA MCGONAGALL
    Pues vamos a tener que poner el colegio patas arriba.
Craig, tenemos mucho que hacer.

Ginny y Harry se quedan mirando la cama.

GINNY
    ¿Verdad que ya hemos pasado por esto?

HARRY
    Sí, pero me da la sensación de que esta vez es aún más
grave.

Ginny mira a su marido, atemorizada.

GINNY
    ¿Has hablado con él antes?

HARRY
    Sí.

GINNY
    ¿Viniste a su dormitorio y hablaste con él?

HARRY
    Sí, ya lo sabes.

GINNY
    ¿Qué le has dicho a nuestro hijo, Harry?

Harry capta el tono acusador de su voz.

HARRY
    Intenté ser sincero con él, como tú me aconsejaste. No
le dije nada.

GINNY
    ¿Y te controlaste? ¿O fue una conversación acalorada?

HARRY

No creo que... ¿Crees que he vuelto a ahuyentarlo?

GINNY

Puedo perdonar que te equivoques una vez, Harry, quizá incluso dos, pero cuantos más errores cometes, más difícil me resulta perdonarte.

Acto III. Escena 16.

Hogwarts. Buhonera

Scorpius y Albus salen a un tejado bañado por una luz plateada. A su alrededor se oye un débil ulular.

SCORPIUS

Bastará con un simple *confringo*, creo yo.

ALBUS

Nada de eso. Para una cosa así, necesitas un *expulso*.

SCORPIUS

¿Un *expulso*? Si haces un *expulso*, nos pasaremos días recogiendo trocitos de giratiempo por esta buhonera.

ALBUS

¿Un *bombarda*?

SCORPIUS

¿Y despertar a todo Hogwarts? Un *desmaius*, quizá. Antes los destruían con un *desmaius*.

ALBUS

Pero eso ya se ha hecho antes. Hagamos algo nuevo, algo divertido.

SCORPIUS

¿Divertido? Mira, muchos magos pasan por alto la importancia de escoger el hechizo adecuado, pero es trascendental. Opino que es un aspecto muy subestimado de la magia moderna.

DELPHI

«Un aspecto muy subestimado de la magia moderna.» Sois los mejores, ¿lo sabíais?

Scorpius levanta la cabeza, sorprendido de ver a Delphi detrás de ellos.

SCORPIUS

¡Eh! Pero si es... Esto... ¿Qué haces tú aquí?

ALBUS

Me pareció importante enviarle un búho. Para que supiera lo que vamos a hacer.

Scorpius lanza a su amigo una mirada acusadora.

ALBUS

A ella también le atañe.

Scorpius piensa un momento y asiente.

DELPHI

¿Qué es eso que me atañe? ¿De qué va todo esto?

Albus saca el giratiempo.

ALBUS

Hemos de destruir el giratiempo. Lo que Scorpius vio después de la segunda prueba... Lo siento mucho. No podemos arriesgarnos a volver a retroceder en el tiempo. No podemos salvar a tu primo.

Delphi mira el giratiempo, y luego a los muchachos.

DELPHI

Tu búho no me contó demasiado...

ALBUS

Imagínate el peor mundo posible, y multiplícalo por dos. Gente torturada, dementores por todas partes, un Voldemort despótico, mi padre muerto, yo... sin haber nacido, el mundo sumido en la magia oscura... Sencillamente, no podemos permitir que eso suceda.

Delphi titubea. Y entonces le cambia la cara.

DELPHI

¿Voldemort gobernaba? ¿Estaba vivo?

SCORPIUS

Lo dominaba todo. Era terrorífico.

DELPHI

¿Por culpa de lo que habíamos hecho nosotros?

SCORPIUS

Humillar a Cedric lo convirtió en un resentido, y entonces se hizo mortífago y... y... todo salió mal. Muy mal.

Delphi observa atentamente el rostro de Scorpius, acongojada.

DELPHI

¿Mortífago?

SCORPIUS

Y se convirtió en un asesino. Mató al profesor Longbottom.

DELPHI

Entonces... claro, tenemos que destruirlo.

ALBUS

¿Lo entiendes?

DELPHI

Yo aún diría más. Diría que Cedric lo habría entendido. Lo destruiremos juntos, y luego iremos a ver a mi tío y le explicaremos lo que ha sucedido.

ALBUS

Gracias.

Delphi les sonríe con tristeza. Coge el giratiempo, lo mira y su expresión cambia ligeramente.

ALBUS

Oh, qué tatuaje tan bonito.

DELPHI

¿Qué?

A Delphi se le ha abierto un poco la túnica por detrás. Se le ve un augurey tatuado en la nuca.

ALBUS

En la espalda. Nunca me había fijado. Las alas. ¿Eso no es lo que los muggles llaman un tatuaje?

DELPHI

Ah, sí. Bueno, es un augurey.

SCORPIUS

¿Un augurey?

DELPHI

¿No los habéis estudiado en Cuidado de Criaturas Mágicas? Son unas aves negras y siniestras que graznan cuando va a llover. Antes, los magos creían que el graznido del augurey era un presagio de muerte. Cuando yo era pequeña, mi tutora tenía uno en una jaula.

SCORPIUS

¿Tu... tutora?

Delphi mira a Scorpius. Ahora que tiene el giratiempo en la mano, está empezando a divertirse con este juego.

DELPHI

Solía decir que el augurey graznaba porque veía que yo iba por mal camino. No me tenía mucho cariño. Euphemia Rowle... Me acogió sólo por el oro.

ALBUS

Entonces, ¿por qué te tatuaste su pájaro?

DELPHI

Porque me recuerda que mi futuro depende de mí.

ALBUS

Cómo mola. A lo mejor yo también me tatúo un augurey.

SCORPIUS

Los Rowle eran unos mortífagos terribles.

En la cabeza de Scorpius bullen mil pensamientos.

ALBUS

Venga, vamos a destruirlo. *¿Confringo? ¿Desmaius? ¿Bombarda?* ¿Tú cuál usarías?

SCORPIUS
  Devuélvelo. Devuélvenos el giratiempo.

DELPHI
  ¿Qué?

ALBUS
  ¡Scorpius! ¿Qué haces?

SCORPIUS
  No me creo eso de que tuviste una enfermedad. ¿Por qué no estudiaste en Hogwarts? ¿Qué haces aquí ahora?

DELPHI
  ¡Intento recuperar a mi primo!

SCORPIUS
  Te llamaban el Augurey. En el otro mundo. Te llamaban el Augurey.

Poco a poco, una sonrisa se dibuja en el rostro de Delphi.

DELPHI
  ¿El Augurey? Me gusta cómo suena.

ALBUS
  ¿Delphi?

Es demasiado rápida: apunta con su varita y repele a Scorpius. Y además es mucho más fuerte: él intenta contenerla, pero ella puede con él.

DELPHI
  ¡Fulgari!

Unas cuerdas perversas y luminosas atan los brazos de Scorpius.

SCORPIUS
  ¡Albus! ¡Corre!

Albus mira alrededor, apabullado. Y echa a correr.

DELPHI
  ¡Fulgari!

Albus cae al suelo desplomado, con las mismas ataduras brutales.

DELPHI

Y éste es sólo el primer hechizo que uso contra vosotros. Creía que tendría que usar muchos más. Pero sois más fáciles de controlar que Amos. Los niños, y en especial los varones, son dóciles por naturaleza, ¿verdad? Y ahora, vamos a arreglar este desastre de una vez por todas.

ALBUS

Pero... ¿por qué? Pero... ¿qué pasa? ¿Quién eres?

DELPHI

Albus. Soy el nuevo pasado.

Le arrebata la varita y la parte en dos.

DELPHI

Soy el nuevo futuro.

Le arrebata la varita a Scorpius y la parte en dos.

DELPHI

Soy la respuesta que este mundo estaba esperando.

Acto III. Escena 17.

Ministerio de Magia. Despacho de Hermione

Ron, sentado sobre la mesa de Hermione, come gachas de avena.

RON

Es que no consigo hacerme a la idea de que haya realidades donde ni siquiera estemos... casados, de verdad.

HERMIONE

Ron, no sé adónde quieres ir a parar, pero sólo tengo diez minutos antes de que los duendes lleguen para hablar de la seguridad de Gringotts...

RON

No sé, llevamos tanto tiempo juntos, tanto tiempo casados, tanto tiempo...

HERMIONE

Si lo que intentas decirme es que quieres que nos tomemos un descanso, Ron, seré muy clara contigo: te ensarto con esta pluma.

RON

Cállate. ¿Quieres hacer el favor de callarte, por una vez? Me gustaría hacer una de esas renovaciones de los votos matrimoniales. No sé dónde lo he leído. Una renovación de votos. ¿Qué te parece?

HERMIONE *(se ablanda un poco)*

¿Quieres volver a casarte conmigo?

RON

Verás, la primera vez éramos muy jóvenes, y yo estaba muy borracho, y... sinceramente, no me acuerdo de gran cosa... La verdad es que... te quiero, Hermione Granger, y no importa en qué tiempo estemos. Me gustaría tener la oportunidad de decirlo delante de mucha gente. Otra vez. Sobrio.

Ella lo mira, sonríe, se acerca y lo besa.

HERMIONE

Eres un encanto.

RON

Y tú sabes a tofe.

Hermione se ríe. Harry, Ginny y Draco los interrumpen cuando iban a darse otro beso. Ron y Hermione se separan.

HERMIONE

Harry, Ginny y... Draco, qué alegría veros.

HARRY

Los sueños. Han vuelto a empezar. O mejor dicho, no han parado.

GINNY

Y no encontramos a Albus. Otra vez.

DRACO

Ni a Scorpius. Hemos pedido a McGonagall que registre todo el colegio. Han desaparecido.

HERMIONE

Voy a avisar a los aurores enseguida.

RON

No, no los llames. No pasa nada. Anoche vi a Albus. Está bien.

DRACO

¿Dónde?

Todos lo miran, y él se queda algo desconcertado, pero sigue adelante.

RON

Estaba en Hogsmeade tomándome un par de whiskies de fuego con Neville, arreglando el mundo, ya sabéis, y al volver, bastante tarde ya, mientras trataba de decidir qué

Flu utilizar, porque a veces, cuando te has tomado una copa, no te apetece usar los más estrechos, ni los que dan más vueltas, ni los...

GINNY

Ron, ¿puedes ir al grano antes de que te estrangulemos entre todos?

RON

No se ha escapado. Habrá buscado un momento de intimidad. Sale con una chica mayor que él.

HARRY

¿Una chica mayor que él?

RON

Y guapísima, por cierto. Tenía un pelo plateado precioso. Los vi juntos en el tejado, cerca de la buhonera, con Scorpius de carabina. Me hizo ilusión ver que mi filtro de amor había funcionado.

Harry tiene una idea.

HARRY

Tenía el pelo... ¿plateado y azul?

RON

Sí, eso es. Plateado y azul.

HARRY

Se refiere a Delphi Diggory. La sobrina de Amos Diggory.

GINNY

¿Cedric otra vez?

Harry no dice nada, está muy concentrado. Hermione recorre la habitación con la mirada, preocupada, y entonces grita hacia fuera.

HERMIONE

¡Ethel! ¡Cancela lo de los duendes!

Acto III. Escena 18.

Residencia de Ancianos Saint Oswald para Magos y Brujas. Habitación de Amos

Harry entra con la varita en ristre. Lo acompaña Draco.

HARRY

¿Dónde están?

AMOS

Harry Potter, ¿en qué puedo ayudarte? ¡Y Draco Malfoy! Qué afortunado soy.

HARRY

Sé que ha estado utilizando a mi hijo.

AMOS

¿Que yo he utilizado a tu hijo? Te equivocas. Tú sí utilizaste a mi querido hijo.

DRACO

Díganos ahora mismo dónde están Albus y Scorpius, o tendrá que atenerse a graves consecuencias.

AMOS

Pero ¿cómo voy a saber yo dónde están?

DRACO

No nos haga el número del anciano senil. Sé que ha estado enviándole búhos.

AMOS

Yo no he hecho tal cosa.

HARRY

Amos, le advierto que no es usted demasiado mayor para que lo lleven a Azkaban. Los vieron por última vez en la torre de Hogwarts con su sobrina, antes de que desaparecieran.

AMOS

No sé de qué me estás... *(Se interrumpe y hace una pausa, desconcertado.)* ¿Mi sobrina?

HARRY

Está dispuesto a cualquier cosa por abyecta que sea, ¿verdad? Sí, su sobrina. ¿Acaso niega que ella fue allí por orden suya?

AMOS

Sí, por supuesto. Porque no tengo ninguna sobrina.

Harry se queda mudo.

DRACO

Claro que la tiene. Trabaja aquí. Es enfermera. Su sobrina, Delphini Diggory.

AMOS

Sé que no tengo ninguna sobrina porque no he tenido hermanos ni hermanas. Y mi mujer tampoco.

DRACO

Tenemos que averiguar quién es ella. Ahora mismo.

Acto III. Escena 19.

Hogwarts. Campo de quidditch

Se ve a Delphi, encantada con su nueva identidad. Donde antes había inquietud e inseguridad, ahora sólo hay poderío.

ALBUS
¿Para qué hemos venido al campo de quidditch?

Delphi no contesta.

SCORPIUS
El Torneo de los Tres Magos. La tercera prueba. El laberinto. Aquí es donde estaba el laberinto. Hemos venido a buscar a Cedric.

DELPHI
Sí, ha llegado el momento de salvar al otro de una vez por todas. Recuperaremos a Cedric y, al hacerlo, resucitaremos el mundo que tú viste, Scorpius.

SCORPIUS
El infierno. ¿Quieres resucitar el infierno?

DELPHI
Quiero un regreso a la magia pura y poderosa. Quiero un renacimiento de la Oscuridad.

SCORPIUS
¿Quieres que vuelva Voldemort?

DELPHI
El único amo verdadero del mundo de los magos. Sí, regresará. Por vuestra culpa, las dos primeras pruebas están saturadas de magia. Cada una tiene ya dos visitas del futuro como mínimo, y no pienso arriesgarme a que

me descubran o me distraigan. La tercera prueba todavía está limpia, así que empecemos ahí, ¿de acuerdo?

ALBUS

No, no intentaremos detener a Cedric. No importa lo que nos obligues a hacer, sabemos que él tiene que ganar el torneo junto con mi padre.

DELPHI

No sólo quiero que le impidáis ganar, quiero que lo humilléis. Tiene que salir volando de ese laberinto desnudo, montado en una escoba de plumas moradas. Vosotros ya lo conseguisteis una vez por medio de la humillación, y ahora volveremos a hacerlo. Así se cumplirá la profecía.

SCORPIUS

No sabía que hubiera una profecía. ¿Qué profecía?

DELPHI

Tú ya has visto el mundo tal como debería ser, Scorpius, y hoy vamos a restaurarlo.

ALBUS

No. No te obedeceremos. No importa quién seas ni lo que quieras que hagamos.

DELPHI

Claro que lo haréis.

ALBUS

Tendrás que utilizar la maldición *imperius*. Tendrás que controlarme.

DELPHI

No. Para que se cumpla la profecía, tienes que hacerlo tú, tú mismo, no un títere. Tienes que ser tú el que humille a Cedric, por eso no nos sirve la maldición *imperius*. Tendré que obligarte por otros medios.

Saca su varita. Apunta con ella a Albus, que levanta la barbilla, desafiante.

ALBUS

Haz lo más cruel que se te ocurra.

Delphi lo mira. Y entonces apunta con la varita a Scorpius.

DELPHI
Lo haré.

ALBUS
¡No!

DELPHI
Tal como imaginaba: parece que esto te asusta más.

SCORPIUS
Albus, no importa lo que me haga. No podemos permitir que...

DELPHI
¡Crucio!

Scorpius grita de dolor.

ALBUS
Voy a...

DELPHI *(riendo)*
¿Vas a qué? ¿Qué demonios crees que puedes hacer? Pero ¡si eres el gran fracasado del mundo mágico! ¡Una vergüenza para tu familia! ¡Un segundón! ¿Quieres que deje de hacer sufrir a tu único amigo? ¡Pues haz lo que te ordeno!

Mira fijamente a Albus, que le sostiene la mirada.

DELPHI
¿No? *¡Crucio!*

ALBUS
¡Basta! ¡Por favor!

Entra Craig corriendo, rebosante de energía.

CRAIG BOWKER JR.
¿Scorpius? ¿Albus? Os están buscando por todas partes.

ALBUS
¡Lárgate, Craig! ¡Busca ayuda!

CRAIG BOWKER JR.
¿Qué está pasando?

DELPHI
¡Avada Kedavra!

Desde el extremo opuesto del escenario, Delphi lanza un estallido de luz verde que propulsa hacia atrás a Craig y lo mata en el acto.

Se produce un silencio, que parece muy largo.

DELPHI
¿No lo has entendido? Esto no es ningún juego de niños. Tú me sirves, tus amigos no.

Albus y Scorpius, horrorizados, contemplan el cuerpo de Craig.

DELPHI
Tardé mucho en descubrir tu punto débil, Albus Potter. Creía que era el orgullo, creía que era la necesidad de impresionar a tu padre, hasta que comprendí que tu punto débil era el mismo que el de tu padre: la amistad. Harás exactamente lo que te ordene, porque, si no, Scorpius morirá, como le ha pasado a ese... otro.

Los mira a los dos.

DELPHI
Voldemort regresará y el Augurey se sentará a su lado. Tal como anuncia la profecía. «Cuando los otros se salven, cuando el tiempo retroceda, cuando los hijos no vistos maten a sus padres: entonces regresará el Señor Tenebroso.»

Sonríe. Tira con violencia de Scorpius.

DELPHI
Cedric es el otro, y Albus...

Tira con violencia de Albus.

DELPHI
...el hijo no visto que matará a su padre al reescribir el tiempo, y así regresará el Señor Tenebroso.

Delphi agarra una mano de cada uno y las posa sobre el giratiempo, que ha empezado a girar.

DELPHI
  ¡Ahora!

Y enseguida se produce un gigantesco destello de luz, acompañado de un gran estruendo.

El tiempo se detiene. Se da la vuelta, piensa un instante y empieza a girar hacia atrás.

Al principio, lentamente. Después, cada vez más rápido.

Se oye una fuerte aspiración. Y un estallido brutal.

Acto III. Escena 20.

Torneo de los Tres Magos. Laberinto. 1995

El laberinto es una espiral de setos que no paran de moverse. Delphi lo recorre con decisión. Lleva a rastras a Albus y a Scorpius, que tienen los brazos atados y se resisten a avanzar.

LUDO BAGMAN
  ¡Damas y caballeros, niños y niñas, bienvenidos al formidable... al extraordinario... al incomparable TORNEO DE LOS TRES MAGOS!

Se oye una fuerte ovación. Delphi gira a la izquierda.

LUDO BAGMAN
  Los de Hogwarts, gritad conmigo: ¡hurra!

Se oye una fuerte ovación.

LUDO BAGMAN
  Los de Durmstrang, gritad conmigo: ¡hurra!

Se oye una fuerte ovación.

LUDO BAGMAN
  LOS DE BEAUXBATONS, GRITAD CONMIGO: ¡HURRA!

Un aplauso ardoroso.

Delphi y los chicos se apartan cuando un seto se les echa encima.

LUDO BAGMAN
  ¡Por fin! Los franceses nos demuestran de qué son capaces. Damas y caballeros, bienvenidos a la última prueba mágica. Un laberinto de misterios, una pesadilla de negrura incontrolable, puesto que este laberinto está... vivo. ¡Está vivo!

Viktor Krum cruza el escenario, recorriendo el laberinto.

LUDO BAGMAN

¿Y por qué adentrarse en esta pesadilla? Porque dentro del laberinto hay una copa, y no es una copa cualquiera. ¡Sí, el trofeo del torneo está escondido entre la vegetación!

DELPHI

¿Dónde está? ¿Dónde está Cedric?

Un seto está a punto de diseccionar a Albus y Scorpius.

SCORPIUS

¿Los setos también quieren matarme? Esto mejora por momentos.

DELPHI

Daos prisa, o lo pagaréis caro.

LUDO BAGMAN

Los peligros abundan, pero los premios son indudables. ¿Quién luchará hasta el final? ¿Quién caerá ante el último obstáculo? ¿Descubriremos algún héroe entre nosotros? Eso sólo lo dirá el tiempo, damas y caballeros, sólo lo dirá el tiempo.

Forzados por Delphi, Scorpius y Albus avanzan por el laberinto. Ella se adelanta un poco y los chicos tienen un momento para hablar.

SCORPIUS

Albus, tenemos que hacer algo.

ALBUS

Ya lo sé, pero ¿qué? Nos ha roto las varitas, estamos atados y ha amenazado con matarte.

SCORPIUS

Estoy dispuesto a morir, si con eso impedimos que regrese Voldemort.

ALBUS

¿Lo dices en serio?

SCORPIUS

No tendrás que llorar mi muerte mucho tiempo, porque me matará y enseguida te matará a ti también.

ALBUS *(desesperado)*

El defecto del giratiempo, la norma de los cinco minutos. Hagamos todo lo posible para agotar el tiempo.

SCORPIUS

No funcionará.

Otro seto móvil cambia de dirección, y Delphi arrastra hacia ella a Albus y Scorpius, que se habían rezagado. Siguen recorriendo ese laberinto de desesperación.

LUDO BAGMAN

Y ahora... ¡permítanme que les recuerde el estado de las puntuaciones! Empatados en el primer puesto, el señor Cedric Diggory y el señor Harry Potter. En segundo lugar, ¡el señor Viktor Krum! Y, en tercer lugar, *sacré bleu*, la señorita Fleur Delacour.

De pronto, Albus y Scorpius aparecen detrás de un tramo del laberinto. Están corriendo.

ALBUS

¿Adónde ha ido?

SCORPIUS

Qué más da. ¿Hacia dónde vamos?

Delphi se eleva por detrás de ellos. Está volando. Sin escoba.

DELPHI

Pobres criaturas.

Tira a los muchachos al suelo.

DELPHI

¿Creíais que podríais huir de mí?

ALBUS *(atónito)*

Ni siquiera... vas montada en una escoba.

DELPHI

¡Escobas! Unos trastos innecesarios y difíciles de manejar. Han pasado tres minutos. Nos quedan dos. Y haréis lo que os ordene.

SCORPIUS

No. No te obedeceremos.

DELPHI

¿Creéis que podéis pelear contra mí?

SCORPIUS

No. Pero podemos desobedecerte. Aunque tengamos que pagar con nuestras vidas.

DELPHI

La profecía tiene que cumplirse. Haremos que se cumpla.

SCORPIUS

Las profecías se pueden romper.

DELPHI

Te equivocas, niño: las profecías son el futuro.

SCORPIUS

Pero si la profecía es inevitable, ¿qué estamos haciendo aquí? Tus actos contradicen tus palabras. Nos arrastras por este laberinto porque crees que hay que llevar a cabo esta profecía. Por esa misma lógica, las profecías también se pueden romper, se pueden evitar.

DELPHI

Hablas demasiado, niño. *¡Crucio!*

Scorpius se retuerce de dolor.

ALBUS

¡Scorpius!

SCORPIUS

¿No querías una prueba, Albus? Pues aquí la tienes, y vamos a superarla.

Albus mira a Scorpius y comprende, por fin, lo que tiene que hacer. Asiente.

DELPHI
Entonces moriréis.

ALBUS *(con firme determinación)*
Sí. Moriremos. Y lo haremos contentos, porque sabremos que te hemos hecho fracasar.

Delphi se alza furiosa.

DELPHI
No hay tiempo para esto. *¡Cru...!*

VOZ MISTERIOSA
¡Expelliarmus!

¡BUM! La varita sale despedida de la mano de Delphi. Scorpius se queda mirándola, estupefacto.

VOZ MISTERIOSA
¡Atabraquium!

De pronto, Delphi está atada. Scorpius y Albus se dan la vuelta a la vez y ven, atónitos, de dónde ha surgido el destello: de un joven apuesto de unos diecisiete años, Cedric.

CEDRIC
No os acerquéis.

SCORPIUS
Pero si eres...

CEDRIC
Cedric Diggory. He oído gritos, tenía que venir. Identificaos, engendros. No me dais miedo.

Albus se da media vuelta, atónito.

ALBUS
¿Cedric?

SCORPIUS
Nos has salvado.

CEDRIC
¿Formáis parte de la prueba? ¿Sois un obstáculo? ¡Hablad! ¿Tengo que derrotaros a vosotros también?

246

Hay un silencio.

SCORPIUS
No. Sólo tienes que liberarnos. Ésa es la prueba.

Cedric piensa. Trata de decidir si es una trampa, y finalmente agita su varita.

CEDRIC
¡Emancipare! ¡Emancipare!

Los muchachos quedan liberados de sus ataduras.

CEDRIC
¿Ya puedo continuar? ¿Puedo terminar el laberinto?

Los muchachos miran a Cedric desconsolados.

ALBUS
Sí, me temo que tienes que terminar el laberinto.

CEDRIC
Pues así lo haré.

Cedric sigue su camino, confiado. Albus lo mira alejarse. Se muere de ganas de decir algo, pero no está seguro de qué.

ALBUS
Cedric...

Cedric se vuelve hacia él.

ALBUS
Tu padre te quiere mucho.

CEDRIC
¿Qué?

Detrás de ellos, el cuerpo de Delphi empieza a moverse. Se arrastra por el suelo.

ALBUS
Nada. He pensado que deberías saberlo.

CEDRIC
Está bien. Bueno, gracias.

Cedric se queda mirando a Albus un momento, y luego echa a andar de nuevo. Delphi saca el giratiempo de dentro de la túnica.

SCORPIUS
Albus.

ALBUS
No. Espera...

SCORPIUS
El giratiempo está girando. ¿Ves lo que está haciendo Delphi? ¡No puede dejarnos aquí!

Albus y Scorpius se abalanzan sobre el giratiempo para intentar tocarlo.

Y enseguida se produce un gigantesco destello de luz, acompañado de un gran estruendo.

El tiempo se detiene. Se da la vuelta, piensa un instante y empieza a girar hacia atrás.

Al principio, lentamente. Después, cada vez más rápido.

SCORPIUS
Albus...

ALBUS
¿Qué hemos hecho?

SCORPIUS
Hemos tenido que irnos con el giratiempo, era la única forma de detener a Delphi.

DELPHI
¿Detenerme? ¿Creéis que me habéis detenido? Estoy harta. Puede que hayáis destruido mis posibilidades de utilizar a Cedric para sumir el mundo en la oscuridad, pero a lo mejor tienes razón, Scorpius: a lo mejor las profecías se pueden evitar, se pueden romper. Lo que sí es indudable es que estoy harta de utilizar a dos criaturas molestas e incompetentes como vosotros para nada. No voy a perder ni un segundo más con vosotros. Ha llegado la hora de probar con algo diferente.

Aplasta el giratiempo, que estalla en mil pedazos.

Delphi vuelve a elevarse por los aires. Ríe, satisfecha, y se aleja a gran velocidad.

Los muchachos intentan perseguirla, pero no tienen ninguna posibilidad. Delphi vuela y ellos corren.

ALBUS
¡No! ¡No! ¡No puedes...!

Scorpius se da la vuelta e intenta recoger los trocitos de giratiempo.

ALBUS
¿Y el giratiempo? ¿Está inutilizado?

SCORPIUS
Por completo. Estamos atrapados. En el tiempo. No sé en qué tiempo estamos. Ni sé lo que tiene planeado Delphi.

ALBUS
Hogwarts está igual que siempre.

SCORPIUS
Sí. Y más vale que no nos vean aquí. Larguémonos antes de que nos descubran.

ALBUS
Tenemos que detenerla, Scorpius.

SCORPIUS
Ya lo sé, pero ¿cómo?

Acto III. Escena 21.

Residencia de Ancianos Saint Oswald para Magos y Brujas. Habitación de Delphi

Harry, Hermione, Ron, Draco y Ginny inspeccionan una habitación sencilla, revestida de madera de roble.

HARRY

Debió de hacerle un encantamiento *confundus*. A él y a todos los demás. Se hizo pasar por enfermera y por sobrina de Amos.

HERMIONE

Acabo de preguntar en el ministerio, y no hay ninguna ficha suya. Es una sombra.

DRACO

¡Specialis Revelio!

Todos miran a Draco.

DRACO

Bueno, valía la pena intentarlo. ¿A qué esperáis? No sabemos nada, pero quizá esta habitación revele alguna pista.

GINNY

¿Dónde puede haber escondido algo? Es una habitación espartana.

RON

Estos paneles. Seguro que estos paneles ocultan cosas.

DRACO

O la cama.

Draco empieza a examinar la cama y Ginny, una lámpara, mientras los demás repasan los paneles.

RON *(grita, golpeando las paredes)*
¿Qué ocultáis? ¿Qué tenéis?

HERMIONE
Quizá deberíamos parar todos un momento y preguntarnos qué...

Ginny desenrosca el tubo de una lámpara de aceite. Se oye una exhalación. Y luego unos siseos. Todos se vuelven hacia allí.

HERMIONE
¿Qué ha sido eso?

HARRY
Es... Se supone que no tendría que entenderlo... Es pársel.

HERMIONE
¿Y qué dice?

HARRY
¿Cómo puede ser que...? Desde que murió Voldemort no había vuelto a entender la lengua pársel.

HERMIONE
Ni te había dolido la cicatriz.

Harry mira a Hermione.

HARRY
Dice «Bienvenido, Augurey». Me parece que tengo que pedirle que abra...

DRACO
Pues hazlo.

Harry cierra los ojos y habla en pársel.

La habitación se transforma en torno a ellos, se vuelve oscura y siniestra. En todas las paredes aparece una masa sinuosa de serpientes pintadas.

Y encima, escrita con pintura fosforescente, una profecía.

DRACO
¿Qué es esto?

RON
«Cuando los otros se salven, cuando el tiempo retroceda, cuando los hijos no vistos maten a sus padres: entonces regresará el Señor Tenebroso.»

GINNY
Una profecía. Una nueva profecía.

HERMIONE
Cedric. A Cedric lo llamaban «el otro».

RON
Cuando el tiempo retroceda... Delphi todavía tiene ese giratiempo, ¿no?

Sus rostros se ensombrecen.

HERMIONE
Seguro que sí.

RON
Pero ¿para qué necesita a Scorpius y a Albus?

HARRY
Porque yo soy un padre que no ha sabido ver a su hijo. Que no ha entendido a su hijo.

DRACO
¿Quién es ella? ¿Por qué está tan obsesionada con todo esto?

GINNY
Creo que tengo la respuesta a esa pregunta.

Todos la miran. Ginny apunta hacia arriba. Sus rostros se ensombrecen aún más, presas del miedo.

Unas palabras se desvelan en las paredes de la sala: palabras peligrosas, palabras horribles.

GINNY
«Haré renacer la Oscuridad. Haré que mi padre vuelva.»

RON

No, no puede ser...

HERMIONE

¿Cómo es posible?

DRACO

¿Voldemort tuvo una hija?

Todos levantan la cabeza de nuevo, aterrados. Ginny le da la mano a Harry.

HARRY

No, no, no. Eso no. Cualquier cosa menos eso.

Fundimos a negro.

ENTREACTO

Acto IV. Escena 1.

Ministerio de Magia. Gran sala de reuniones

La gran sala de reuniones está abarrotada de magos y brujas llegados de todas partes. Hermione sube a una tarima improvisada. Levanta una mano para pedir silencio. Todos callan. Le sorprende lo poco que le ha costado. Mira alrededor.

HERMIONE
Gracias. Me alegro de que tantos de vosotros hayáis podido asistir a mi... segunda asamblea extraordinaria. Tengo varias cosas que exponer. Os pido que reservéis vuestras preguntas, y sé que habrá muchas, para cuando haya terminado de hablar.

Como muchos ya sabéis, ha aparecido un cadáver en Hogwarts. La víctima se llama Craig Bowker. Era un buen chico. No tenemos información definitiva de quién es el responsable del crimen, pero ayer registramos Saint Oswald. Una de las habitaciones de la residencia reveló dos cosas: la primera, una profecía que vaticinaba... el regreso de la oscuridad. La segunda, escrita en el techo, una declaración: que el Señor Tenebroso, que Voldemort, tuvo descendencia...

La noticia provoca un murmullo que recorre la sala.

HERMIONE
No conocemos todos los detalles. Todavía estamos investigando, interrogando a todo mago o bruja que tenga alguna relación con los mortífagos. Y de momento nadie ha podido aportar información sobre la descendencia ni sobre la profecía. Pero, según parece, ésta podría encerrar parte de verdad. Esa criatura creció apartada del mundo de los magos. Y ahora... Bueno, ahora ella...

PROFESORA MCGONAGALL
¿Ella? ¿Una niña? ¿Tuvo una hija?

HERMIONE
Sí, una hija.

PROFESORA MCGONAGALL
¿Y ya la han capturado?

HARRY
Profesora, Hermione nos ha pedido que no hiciéramos preguntas.

HERMIONE
No importa, Harry. No, profesora: eso es lo peor. Me temo que no tenemos forma de capturarla. Ni de impedirle hacer nada. No podemos darle alcance.

PROFESORA MCGONAGALL
¿Y no podemos... buscarla?

HERMIONE
Tenemos motivos para creer que se ha escondido... en el tiempo.

PROFESORA MCGONAGALL
¿Cómo, después de todo lo que sucedió, no se te ocurrió nada más estúpido que conservar el giratiempo?

HERMIONE
Profesora, le aseguro que...

PROFESORA MCGONAGALL
¡Debería darte vergüenza, Hermione Granger!

Hermione se estremece ante el arrebato de ira de la profesora.

HARRY
No, Hermione no se merece eso. Usted tiene derecho a enfadarse. Todos ustedes. Pero Hermione no tiene toda la culpa. No sabemos cómo esa bruja se apoderó del giratiempo. No sabemos si se lo dio mi hijo.

GINNY

Si nuestro hijo se lo dio, o ella se lo robó.

Ginny sube con Harry a la tarima.

PROFESORA MCGONAGALL

Vuestra solidaridad es encomiable, pero eso no resta importancia a vuestra negligencia.

DRACO

En ese caso, es una negligencia que yo también debo atribuirme.

Draco sube a la tarima y se coloca al lado de Ginny. Parece una escena digna de Espartaco. Se oyen gritos ahogados de asombro.

DRACO

Hermione y Harry no han hecho nada malo, salvo tratar de protegernos a todos. Si ellos son culpables de algo, yo también.

Hermione contempla al grupo, emocionada. Ron sube también a la tarima.

RON

La verdad, yo no estaba enterado de gran cosa, así que no puedo responsabilizarme de nada... Y estoy convencido de que mis hijos no han tenido nada que ver, pero si todos éstos se ponen de pie, yo también.

GINNY

Nadie sabe dónde están, ni si están juntos o separados. Confío en que nuestros hijos harán cuanto puedan para pararla, pero...

HERMIONE

No nos hemos rendido. Hemos pedido ayuda a los gigantes. A los trols. Toda la ayuda posible. Los aurores ya se han puesto en marcha, están registrándolo todo, hablando con quienes guardan secretos y vigilando a quienes se niegan a revelarlos.

HARRY

Pero hay una verdad que no podemos negar: en algún momento de nuestro pasado, una bruja está intentando reescribir la historia, y lo único que podemos hacer es esperar... y ver si lo consigue o fracasa.

PROFESORA MCGONAGALL

¿Y si lo consigue?

HARRY

En ese caso... en un abrir y cerrar de ojos la mayoría de los que estamos en esta sala desapareceremos, dejaremos de existir, y Voldemort volverá a gobernar.

Acto IV. Escena 2.

Tierras Altas de Escocia.
Estación de ferrocarril de Aviemore. 1981

Albus y Scorpius miran con recelo a un jefe de estación.

ALBUS

¿No crees que uno de los dos tendría que ir a hablar con él?

SCORPIUS

«Hola, señor jefe de estación. Señor muggle. Una pregunta: ¿ha visto pasar volando a una bruja? Y por cierto, ¿en qué año estamos? Acabamos de escaparnos de Hogwarts porque nos daba miedo estropearlo todo, pero no hay problema, ¿no?»

ALBUS

¿Sabes lo que más me fastidia? Que mi padre creerá que lo hicimos a propósito.

SCORPIUS

Albus. ¿En serio? ¿Me lo dices en serio? Estamos atrapados... no, perdidos en el tiempo, seguramente para siempre, ¿y te preocupa lo que pueda pensar tu padre? Te aseguro que nunca os entenderé.

ALBUS

Hay mucho que entender. Mi padre es muy complicado.

SCORPIUS

¿Y tú no? No quiero criticar tus gustos sobre mujeres, pero te gustaba... En fin...

Ambos saben a quién se refiere.

ALBUS

Sí que me gustaba. Pero... lo que le ha hecho a Craig...

SCORPIUS

No pensemos en eso. Concentrémonos en el hecho de que no tenemos varitas, ni escobas, ni ningún medio para regresar a nuestro tiempo. Sólo disponemos de nuestro ingenio y... No, sólo eso, nuestro ingenio. Y tenemos que detener a esa bruja.

JEFE DE ESTACIÓN *(con marcado acento escocés)*

¿Ya sabéis que el tren de Edimburgo va con retraso, muchachos?

SCORPIUS

¿Cómo dice?

JEFE DE ESTACIÓN

Si estáis esperando el tren de Edimburgo, que sepáis que lleva retraso. Hay obras en la línea. Lo tenéis ahí, en el panel.

Los mira, y ellos lo miran sin entender ni una palabra. El jefe de estación frunce el ceño y les entrega un horario rectificado. Señala la columna de la derecha.

JEFE DE ESTACIÓN

Retraso.

Albus agarra el horario y lo examina. Su expresión cambia al repasar toda la información. Scorpius sigue mirando al jefe de estación.

ALBUS

Ya sé dónde está.

SCORPIUS

¿Cómo has podido entenderle?

ALBUS

Mira la fecha. La fecha del horario.

Scorpius se inclina y lee.

SCORPIUS

Treinta de octubre de 1981. La víspera de Halloween, hace treinta y nueve años. Pero ¿por qué...? Ah, ya.

Al darse cuenta, su rostro se ensombrece.

ALBUS

La muerte de mis abuelos. El ataque contra mi padre cuando era un bebé. El momento en que a Voldemort le rebotó la maldición. Delphi no intenta que se cumpla su profecía: intenta impedir que se haga realidad la anterior.

SCORPIUS

¿La anterior?

ALBUS

«El único con poder para derrotar al Señor Tenebroso se acerca...»

Scorpius se suma a él.

SCORPIUS Y ALBUS

«Nacido de los que lo han desafiado tres veces, vendrá al mundo al concluir el séptimo mes...»

Con cada palabra, el rostro de Scorpius se ensombrece aún más.

SCORPIUS

Es culpa mía. Le he dicho que las profecías se podían romper. Le he dicho que la lógica de las profecías es cuestionable...

ALBUS

Dentro de veinticuatro horas, Voldemort se maldecirá a sí mismo intentando matar al bebé Harry Potter. Delphi pretende impedir esa maldición. Quiere ser ella quien mate a Harry. Tenemos que ir a Godric's Hollow. Ahora.

Acto IV. Escena 3.

Godric's Hollow. 1981

Albus y Scorpius recorren el centro de Godric's Hollow, un pueblecito precioso y muy animado.

SCORPIUS

La verdad, no veo indicios de ataques de ningún tipo.

ALBUS

¿Esto es Godric's Hollow?

SCORPIUS

¿Tu padre nunca te trajo a visitarlo?

ALBUS

No. Lo intentó unas cuantas veces, pero yo siempre me negué.

SCORPIUS

Pues ahora no hay tiempo para visitas turísticas. Tenemos que salvar el mundo de una bruja mortífera... Mira: la iglesia, Saint Jerome...

Señala, y aparece una iglesia.

ALBUS

Es magnífica.

SCORPIUS

Y se supone que el cementerio de Saint Jerome está maravillosamente embrujado *(señala en otra dirección)*, y allí es donde la estatua de Harry y sus padres...

ALBUS

¿Hay una estatua de mi padre?

SCORPIUS

No, todavía no. Pero la habrá. Si todo va bien. Y esa casa... ahí es donde vivía Bathilda Bagshot. Bueno, donde vive.

ALBUS

¿Bathilda Bagshot? ¿La Bathilda Bagshot de *Historia de la magia*?

SCORPIUS

La mismísima. Ahí está. Uau. El empollón que llevo dentro se conmueve.

ALBUS

¡Scorpius!

SCORPIUS

Y aquí tenemos...

ALBUS

La casa de James, Lily y Harry Potter.

Una pareja joven y atractiva sale de una casa empujando un cochecito con un bebé. Albus se dirige hacia ellos, pero Scorpius lo retiene.

SCORPIUS

Que no te vean, Albus. Podríamos desbaratar el tiempo, y no queremos que eso pase, esta vez no.

ALBUS

Pero eso significa que Delphi no ha... Lo hemos logrado. No ha...

SCORPIUS

¿Y ahora qué hacemos? ¿Nos preparamos para enfrentarnos a ella? Porque resulta que es bastante... temible.

ALBUS

Sí. Todavía no hemos pensado ninguna estrategia. ¿Qué hacemos? ¿Cómo protegemos a mi padre?

Acto IV. Escena 4.

Ministerio de Magia. Despacho de Harry

Harry revisa a toda prisa sus papeles.

DUMBLEDORE
Buenas noches, Harry.

Pausa mínima. Harry mira, inexpresivo, el retrato de Dumbledore.

HARRY
Profesor Dumbledore. En mi despacho. Es un honor. Se ve que esta noche estoy donde está la acción.

DUMBLEDORE
¿Qué estás haciendo?

HARRY
Revisar documentos, comprobar si he pasado algo por alto. Conseguir apoyos para combatir pese a nuestros escasos medios. Asimilar que la batalla se disputa muy lejos de nosotros. ¿Qué otra cosa puedo hacer?

Pausa. Dumbledore no dice nada.

HARRY
¿Dónde estaba, Dumbledore?

DUMBLEDORE
Ahora estoy aquí.

HARRY
Aquí, ahora que se pierde la batalla. ¿O va a negarme que Voldemort regresará?

DUMBLEDORE
Es... posible.

HARRY

Márchese. No quiero verlo aquí. No lo necesito. Estuvo ausente las veces en que de verdad me hacía falta. Me enfrenté a él tres veces, sin usted. Volveré a enfrentarme, y yo solo, si es necesario.

DUMBLEDORE

Harry, ¿crees que no me habría gustado luchar contra él en tu lugar? Si hubiera podido, te habría ahorrado...

HARRY

¡El amor nos ciega! ¿Usted sabe de verdad qué significa eso? ¿Sabe el daño que me hizo con ese consejo? Ahora mi hijo... mi hijo está disputando batallas por nosotros, como yo tuve que hacer por usted. Y he demostrado ser tan mal padre como usted lo fue para mí. Lo dejé en sitios donde no se sentía querido. He sembrado en él rencores que tardará años en entender.

DUMBLEDORE

Si te refieres a Privet Drive, he de...

HARRY

Años. Pasé años allí, solo, sin saber quién era yo, ni por qué estaba allí, ¡pensando que no le importaba a nadie!

DUMBLEDORE

Yo... no quise encariñarme de ti...

HARRY

¡Lo que hacía era protegerse, ya entonces!

DUMBLEDORE

No. Te protegía a ti. No quería hacerte daño.

Dumbledore intenta salir del cuadro, pero no puede. Llora, pero trata de disimularlo.

DUMBLEDORE

Pero al final tuve que ir a buscarte. Tenías once años y eras muy valiente. Muy bueno. Recorriste sin protestar el camino que habían trazado ante ti. Claro que te quería. Y sabía que volvería a pasar. Que mi amor causaría daños irreparables. No estoy hecho para amar. Nunca he amado sin causar sufrimiento.

Pausa mínima.

HARRY

En ese caso, me habría hecho menos daño si me lo hubiera dicho.

DUMBLEDORE *(llora, ahora sin contenerse)*

Estaba cegado. Eso es lo que hace el amor. No me di cuenta de que necesitabas oír que este viejo huraño, sibilino y peligroso... te quería.

Pausa. Los dos están muy emocionados.

HARRY

No es cierto que nunca protestara.

DUMBLEDORE

Harry, la respuesta perfecta no existe en este mundo tan caótico y emocional. La perfección está fuera del alcance de la humanidad, fuera del alcance de la magia. En todo momento esplendoroso de felicidad hay una gota de veneno: la certeza de que el dolor volverá. Sé sincero con tus seres queridos, muéstrales tu dolor. Sufrir es tan humano como respirar.

HARRY

Eso ya me lo dijo una vez.

DUMBLEDORE

Es lo único que puedo ofrecerte esta noche.

Se dispone a marcharse.

HARRY

¡No se vaya!

DUMBLEDORE

Aquellos a quienes amamos nunca nos abandonan, Harry. Hay cosas que la muerte no puede tocar. La pintura, los recuerdos... y el amor.

HARRY

Yo también lo quería a usted, Dumbledore.

DUMBLEDORE

Lo sé.

Desaparece. Y Harry se queda solo. Llega Draco.

DRACO

¿Sabías que en esa otra realidad, la realidad que vio Scorpius, yo era jefe de Seguridad Mágica? A lo mejor, dentro de poco este despacho será mío. ¿Estás bien?

Harry está muy afligido.

HARRY

Pasa. Voy a enseñártelo.

Draco entra, vacilante, en el despacho. Mira alrededor con desagrado.

DRACO

A mí no me atraía la idea de ser funcionario del ministerio. Ni siquiera de niño. Mi padre no soñaba con otra cosa. Yo, en cambio...

HARRY

¿A qué querías dedicarte?

DRACO

Al quidditch. Pero no era lo bastante bueno. Sobre todo quería ser feliz.

Harry asiente. Draco se queda mirándolo un instante.

DRACO

Lo siento, no se me da bien la charla. ¿Te importa si pasamos a los asuntos importantes?

HARRY

Por supuesto. ¿Qué... asuntos importantes?

Pausa mínima.

DRACO

¿Crees que Theodore Nott tenía el único giratiempo que quedaba?

HARRY

¿Cómo dices?

DRACO

El giratiempo que confiscó el ministerio era un prototipo. Estaba hecho de un metal barato. Funciona, está claro. Pero retroceder en el tiempo tan sólo durante cinco minutos... es un defecto grave. Ningún coleccionista de magia oscura que se precie compraría un artefacto como ése.

Harry se da cuenta de lo que le está diciendo Draco.

HARRY

¿Trabajaba para ti?

DRACO

No. Para mi padre. Le gustaba coleccionar piezas únicas. Los giratiempos del ministerio, gracias a Croaker, siempre le parecieron poca cosa. Quería tener la capacidad de desplazarse más de una hora, poder viajar años. Aunque nunca la habría utilizado. Sospecho que prefería un mundo sin Voldemort. Pero sí, le fabricaron el giratiempo que quería.

HARRY

¿Y tú lo has conservado?

Draco le muestra el giratiempo.

DRACO

Éste no tiene el problema de los cinco minutos, y brilla como el oro, como nos gusta a los Malfoy. Estás sonriendo.

HARRY

Hermione Granger. Por eso ella conservó el prototipo: por temor a que existiera otro. Si llegan a descubrir que te lo habías quedado, podrían haberte enviado a Azkaban.

DRACO

Piensa en la otra posibilidad. Imagínate que se hubiera sabido que yo podía viajar en el tiempo. Imagínate cómo habría aumentado la credibilidad que le daban a esos rumores.

Harry mira a Draco y lo entiende perfectamente.

HARRY

Scorpius.

DRACO

Podíamos tener hijos, pero Astoria estaba débil. Una maldición sanguínea grave. La víctima de la maldición fue un antepasado suyo, pero le afectó a ella. Ya sabes que estas cosas pueden reaparecer generaciones más tarde.

HARRY

Lo siento, Draco.

DRACO

Yo no quería poner en peligro su salud, le dije que no me importaba que el apellido Malfoy se extinguiera conmigo, pensara lo que pensase mi padre. Pero Astoria no quería tener un hijo para perpetuar el apellido Malfoy, para preservar la pureza de la sangre ni para merecer honores, sino por nosotros. El día que nació nuestro hijo Scorpius fue el más feliz de nuestras vidas, aunque el embarazo y el parto debilitaron considerablemente a Astoria. Yo quería proteger sus escasas fuerzas, por eso nos escondimos los tres. Y eso fue lo que dio lugar a los rumores.

HARRY

No quiero ni pensar lo que debisteis de pasar.

DRACO

Astoria siempre supo que no llegaría a la vejez. Quería que yo tuviera a alguien a mi lado cuando ella me dejara, porque... ser Draco Malfoy es una tarea extremadamente solitaria. Siempre estaré bajo sospecha. No se puede huir del pasado. Pero no me di cuenta de que, al ocultar a mi hijo de este mundo de entrometidos y fisgones, lo condenaba a ser objeto de peores sospechas que las que yo mismo soportaba.

HARRY

El amor nos ciega. Los dos hemos intentado dar a nuestros hijos lo que queríamos nosotros, y no lo que querían ellos. Estábamos tan ocupados reescribiendo nuestro pasado que les hemos arruinado el presente.

DRACO

Y por eso necesitas esto. Llevo años aferrándome a él, resistiéndome a duras penas a utilizarlo, a pesar de que vendería mi alma a cambio de un solo minuto más con Astoria.

HARRY

No, Draco, no podemos... No podemos usarlo.

Draco mira a Harry y, por primera vez, en el fondo del abismo espantoso donde se encuentran, se miran como amigos.

DRACO

Tenemos que encontrarlos. Aunque tardemos siglos, debemos encontrar a nuestros hijos.

HARRY

No tenemos ni idea de dónde están, ni cuándo. Buscar en el tiempo sin saber en qué época... es una misión imposible. No, el amor no servirá, y me temo que un giratiempo tampoco. Ahora todo depende de nuestros hijos: son ellos los que pueden salvarnos a nosotros.

Acto IV. Escena 5.

Godric's Hollow. Delante de la casa de James y Lily Potter. 1981

ALBUS

¿Y si se lo contamos a mis abuelos?

SCORPIUS

¿Decirles que nunca verán crecer a su hijo?

ALBUS

Ella es lo bastante fuerte, lo sé, ya la has visto.

SCORPIUS

Tenía un aspecto maravilloso, Albus. Yo, en tu lugar, me moriría de ganas de hablar con ella. Pero es necesario que le suplique a Voldemort que no mate a Harry, es necesario que crea que Harry puede morir, y tu presencia sería el *spoiler* más eficaz para que ella supiera que eso no va a pasar.

ALBUS

Dumbledore. Dumbledore está vivo. Involucramos a Dumbledore. Hacemos lo que tú hiciste con Snape.

SCORPIUS

¿Podemos arriesgarnos a que se entere de que tu padre sobrevivió? ¿De que tiene hijos?

ALBUS

¡Es Dumbledore! ¡Puede soportar cualquier cosa!

SCORPIUS

Albus, se han escrito unos cien libros sobre lo que sabía Dumbledore, sobre cómo lo supo y sobre por qué hizo lo que hizo. Pero hay una cosa indudable: es necesario que haga lo que hizo. Y no voy a arriesgarme a estropearlo. Yo pude pedir ayuda porque estaba en una realidad alternativa. Esto es distinto. Ahora estamos en el pasado. No podemos alterar el tiempo sólo para crear más problemas. Si algo nos han enseñado nuestras aventuras es eso. El riesgo que supone hablar con alguien y contaminar el tiempo es demasiado grande.

ALBUS

Entonces necesitamos... hablarle al futuro. Necesitamos enviarle un mensaje a mi padre.

SCORPIUS

Pero no tenemos ningún búho que pueda volar a través del tiempo. Y él no tiene ningún giratiempo.

ALBUS

Le enviamos un mensaje a mi padre, y él encontrará la forma de volver aquí. Aunque tenga que fabricar un giratiempo él mismo.

SCORPIUS

Podemos enviarle un recuerdo, como en un pensadero. Nos acercamos mucho a él y le enviamos un mensaje, y, con suerte, él rescatará el recuerdo en el momento preciso. Ya sé que es improbable, pero... Nos acercamos al bebé... y gritamos: ¡Socorro! ¡Socorro! ¡Socorro! Aunque es verdad que el bebé podría traumatizarse un poco...

ALBUS

Sólo un poco.

SCORPIUS

Un pequeño trauma ahora no es nada comparado con lo que va a pasar. Y más tarde, cuando lo piense, quizá recuerde nuestras caras gritándole...

ALBUS

¡Socorro!

Scorpius mira a Albus.

SCORPIUS

Tienes razón. Es una idea pésima.

ALBUS

Una de las peores ideas que se te han ocurrido en la vida.

SCORPIUS

¡Ya lo tengo! Se lo entregamos en persona. Esperamos cuarenta años... y se lo entregamos.

ALBUS

Imposible. Cuando Delphi haya alterado el tiempo a su gusto, enviará a todo un ejército a buscarnos y nos matará.

SCORPIUS

Entonces, ¿nos escondemos en un hoyo?

ALBUS

Por muy agradable que fuera pasar los próximos cuarenta años escondido contigo en un hoyo... Nos encontrarían. Y nos matarían, y el tiempo quedaría atrapado en la posición incorrecta. No. Necesitamos algo que podamos controlar, y tenemos que estar seguros de que lo recibirá en el momento preciso. Necesitamos un...

SCORPIUS

No existe nada así. De todos modos, si yo tuviera que elegir a un compañero con quien estar cuando regresara la oscuridad eterna, te elegiría a ti.

ALBUS

Sin ánimo de ofender, yo elegiría a alguien muy corpulento y que fuera muy bueno en magia.

Lily sale de la casa llevando a Harry Bebé en un cochecito y, con cuidado, lo cubre con una manta.

ALBUS

La manta. Lo está tapando con su manta.

SCORPIUS

Claro, hace un poco de frío.

ALBUS

Mi padre siempre decía que... era lo único que le quedaba de ella. Mira con qué amor se la ha echado encima. Seguro que a él le encantaría saberlo. Ojalá pudiera contárselo.

SCORPIUS

Y ojalá yo pudiera decirle a mi padre... bueno, no sé muy bien qué. Creo que me gustaría decirle que, cuando se presenta la ocasión, puedo ser más valiente de lo que él imagina.

A Albus se le ha ocurrido algo.

ALBUS

Scorpius. Mi padre todavía tiene esa manta.

SCORPIUS

No funcionará. Si escribimos un mensaje en ella, por breve que sea, él lo leerá antes de hora. Y habremos desbaratado el tiempo.

ALBUS

¿Qué sabes de los filtros amorosos? ¿Qué ingrediente tienen todos en común?

SCORPIUS

Entre otras cosas, polvo de perla.

ALBUS

El polvo de perla es un ingrediente relativamente difícil de encontrar, ¿no es cierto?

SCORPIUS

Sí, sobre todo porque es muy caro. ¿Adónde quieres llegar, Albus?

ALBUS

El día antes de tomar el tren a Hogwarts, mi padre y yo tuvimos una discusión.

SCORPIUS

Sí, ya lo sé. Si no me equivoco, por eso terminamos metidos en este lío.

ALBUS

Tiré la manta por el aire. Y volcó el frasco del filtro de amor que me había regalado mi tío Ron.

SCORPIUS

Qué bromista, tu tío.

ALBUS

La poción se derramó sobre la manta. Y me consta que mi madre no ha dejado que mi padre toque nada de esa habitación desde que desaparecí.

SCORPIUS

¿Y?

ALBUS

Pues que en su tiempo está a punto de llegar el día de Halloween, igual que en el nuestro. Y mi padre me contó que el día de Halloween siempre va a buscar esa manta, que necesita tenerla en sus manos. Fue lo último que le dio su madre. Mi padre irá a buscarla, y cuando vea que...

SCORPIUS

No, todavía no lo pesco.

ALBUS

¿Qué ingrediente reacciona con el polvo de perla?

SCORPIUS

Bueno, dicen que si la tintura de demiguise y el polvo de perla entran en contacto... arden.

ALBUS

Y la tintura de... *(no sabe cómo se pronuncia la palabra)* demiguise... ¿se ve a simple vista?

SCORPIUS

No.

ALBUS

Entonces, si cogiéramos esa manta y escribiéramos en ella con tintura de demiguise...

SCORPIUS *(eureka)*

No se vería nada hasta que entrara en contacto con el filtro de amor. En tu habitación. En el presente. ¡Me encanta, por Dumbledore!

ALBUS

Ahora sólo falta que se nos ocurra dónde encontrar... demiguises.

SCORPIUS

Siempre se ha dicho que Bathilda Bagshot creía que, entre magos y brujas, no tenía ningún sentido cerrar las puertas con llave.

Abre la puerta sin encontrar resistencia.

SCORPIUS

Los rumores eran ciertos. Ha llegado el momento de robar unas varitas y *pocionear* un poco.

Acto IV. Escena 6.

Casa de Harry y Ginny Potter.
Habitación de Albus

Harry está sentado en la cama de Albus. Entra Ginny, lo mira.

GINNY

Qué sorpresa encontrarte aquí.

HARRY

No te preocupes, no he tocado nada. Tu santuario está intacto. *(Esboza una mueca de disgusto.)* Lo siento. Ha sonado fatal.

Ginny no dice nada, Harry la mira.

HARRY

Ya sabes que el día de Halloween es un día muy triste para mí, pero éste, sin ninguna duda, es el segundo más triste.

GINNY

Fue un error... culparte. Siempre te acuso de precipitarte, y ahora he sido yo la que se ha... Di por hecho que Albus había desaparecido por tu culpa. Lo siento.

HARRY

Entonces, ¿no crees que sea culpa mía?

GINNY

Harry, lo ha secuestrado una bruja tenebrosa con mucho poder, ¿cómo va a ser culpa tuya?

HARRY

Yo lo ahuyenté. Y al huir de mí cayó en manos de la bruja.

GINNY

    ¿Y si no damos por hecho que la batalla está perdida?

Harry rompe a llorar.

HARRY

    Lo siento mucho, Gin...

GINNY

    ¿Es que no me escuchas? Yo también lo siento.

HARRY

    No debí sobrevivir. Mi destino era morir. Hasta Dumbledore lo creía, y sin embargo sobreviví. Vencí a Voldemort. Toda esa gente... tanta gente... Mis padres, Fred, los cincuenta caídos... ¿y el que sobrevive soy yo? ¿Cómo es posible? Un perjuicio tan grande... y todo es culpa mía.

GINNY

    Los mató Voldemort.

HARRY

    Pero si yo lo hubiera impedido antes no tendría que cargar con tantas muertes en la conciencia. Y ahora también se han llevado a nuestro hijo.

GINNY

    No está muerto. ¿Me oyes, Harry? Albus no está muerto.

Abraza a Harry. Hay una larga pausa, llena de una desdicha inmensa.

HARRY

    El niño que sobrevivió. ¿Cuántas personas tendrán que morir por el niño que sobrevivió?

Harry vacila un momento. Y entonces ve la manta. Va hacia ella.

HARRY

    Esta manta es lo único que me queda, Ginny. De aquella noche de Halloween. Esto es lo único que tengo para recordarlos. Y aunque...

Agarra la manta. Descubre que tiene unos agujeros. La mira consternado.

HARRY

Está agujereada. Ese estúpido filtro de amor de Ron la ha quemado toda. Mira cómo está. Destrozada.

Despliega la manta. Se da cuenta de que los agujeros forman unas letras. Se sorprende.

HARRY

¿Qué es esto?

GINNY

Harry, aquí hay algo... escrito.

En otra parte del escenario aparecen Albus y Scorpius.

ALBUS

Papá...

SCORPIUS

¿Vas a empezar poniendo «papá»?

ALBUS

Así sabrá que soy yo.

SCORPIUS

Se llama Harry. Deberíamos empezar poniendo «Harry».

ALBUS *(inflexible)*

No, empezaremos por «papá».

HARRY

«Papá.» ¿Pone «papá»? No está muy claro...

SCORPIUS

Papá, SOCORRO.

GINNY

¿«Su carro»? ¿Pone «su carro»? Y luego... ¿«gordito»?

HARRY

¿«Papá su carro gordito horror»? No sé. Qué broma tan rara.

ALBUS

Papá. Socorro. Godric's Hollow.

GINNY

Pásamela. Tengo mejor vista que tú. Sí. «Papá su carro gordito.» No, la última palabra no es «horror», es «hollow». Y luego unos números... eso sí se entiende... 3-1-1-0-8-1. ¿No será uno de esos números de teléfono de los muggles? O unas coordenadas, o un...

Harry alza la vista. Se le agolpan los pensamientos en el cerebro.

HARRY

No. Es una fecha. Treinta y uno de octubre de 1981. El día en que asesinaron a mis padres.

Ginny mira a Harry, y luego vuelve a mirar la manta.

GINNY

Aquí no pone «su carro». Pone «socorro».

HARRY

«Papá. Socorro. Godric's Hollow. 31/10/81.» Es un mensaje. Me ha dejado un mensaje. Qué listo es.

Harry besa a Ginny apasionadamente.

GINNY

¿Esto lo ha escrito Albus?

HARRY

Y me dice dónde están y cuándo, y ahora que sabemos dónde está esa bruja, sabemos dónde podemos luchar contra ella.

Vuelve a besarla apasionadamente.

GINNY

Todavía no los hemos rescatado.

HARRY

Voy a enviarle un búho a Hermione. Tú envíale otro a Draco. Que se reúnan con nosotros en Godric's Hollow con el giratiempo.

GINNY

Has dicho «nosotros», ¿está claro? Ni se te ocurra volver allí sin mí, Harry.

HARRY

Claro que vienes. Tenemos una oportunidad, Ginny, y por Dumbledore, es lo único que necesitábamos: una oportunidad.

Acto IV. Escena 7.

Godric's Hollow

Ron, Hermione, Draco, Harry y Ginny recorren las calles de un Godric's Hollow actual. Es una animada población con mercado (ha crecido con los años).

HERMIONE
Godric's Hollow. Debe de hacer veinte años...

GINNY
¿Me lo parece a mí, o hay más muggles?

HERMIONE
Se ha convertido en un destino de fin de semana muy apreciado.

DRACO
Ya entiendo por qué. Mirad las casas con techo de paja. ¿Y eso no es un mercado de agricultores?

Hermione se acerca a Harry, que va mirando alrededor, abrumado por lo que ve.

HERMIONE
¿Te acuerdas de la última vez que vinimos? ¡Está como en los viejos tiempos!

RON
Como en los viejos tiempos, aunque con alguna inoportuna cola de caballo de más.

A Draco no se le escapa la indirecta.

DRACO
Quisiera decir...

RON

Mira, Malfoy, me encanta que ahora seas tan amiguito de Harry, y hasta puede que tu hijo sea más o menos simpático, pero has dicho cosas muy desagradables de mi mujer, algunas de ellas a la cara, y...

HERMIONE

Tu mujer no necesita que la defiendas.

Hermione fulmina con la mirada a Ron. Éste encaja el golpe.

RON

Vale. Pero si dices algo de ella o de mí...

DRACO

¿Qué harás, Weasley?

HERMIONE

Te dará un abrazo. Porque todos formamos parte del mismo equipo, ¿verdad, Ron?

RON *(titubea ante la mirada fija de Hermione)*

Vale. Esto... tienes un pelo muy bonito, Draco.

HERMIONE

Gracias, marido mío. Bueno, éste parece un buen sitio. Vamos allá.

Draco saca el giratiempo, que empieza a girar a toda velocidad mientras los demás forman un corro en torno a él.

Y enseguida hay un gigantesco destello de luz, acompañado de un gran estruendo.

El tiempo se detiene. Se da la vuelta, piensa un instante y empieza a girar hacia atrás.

Al principio, lentamente. Después, cada vez más rápido.

Todos miran alrededor.

RON

¿Qué? ¿Ha funcionado?

Acto IV. Escena 8.

Godric's Hollow. Una cabaña. 1981

Albus se queda boquiabierto al ver a Ginny, a Harry, y al resto de la panda feliz (Ron, Draco y Hermione).

ALBUS
¡Mamá!

HARRY
Albus Severus Potter. Qué alivio verte.

Albus corre y se echa en brazos de Ginny, que lo acoge feliz.

ALBUS
¿Recibisteis nuestro mensaje?

GINNY
Sí, recibimos vuestro mensaje.

Scorpius va corriendo hacia su padre.

DRACO
Si quieres, también podemos abrazarnos...

Scorpius mira a su padre y vacila un instante. Y entonces se abrazan a medias, con torpeza. Draco sonríe.

RON
Bueno, ¿dónde está esa tal Delphi?

SCORPIUS
¿Sabéis quién es Delphi?

ALBUS
Está aquí. Creemos que intenta matarte antes de que Voldemort se maldiga a sí mismo. Va a matarte para romper la profecía y...

HERMIONE

Sí, eso mismo hemos deducido nosotros. ¿Sabéis dónde está exactamente?

SCORPIUS

Ha desaparecido. ¿Cómo habéis...? Sin el giratiempo, ¿cómo habéis podido...?

HARRY *(lo interrumpe)*

Es una historia larga y complicada, Scorpius. Y ahora no hay tiempo para eso.

Draco sonríe a Harry, agradecido.

HERMIONE

Harry tiene razón. Cada minuto cuenta. Tenemos que encontrar una buena posición. Veamos, aunque Godric's Hollow no es muy grande, ella podría llegar desde cualquier dirección. Necesitamos un sitio con una buena panorámica del pueblo, con puntos de observación diversos y despejados y, sobre todo, que nos permita permanecer ocultos, porque no podemos arriesgarnos a que nos vean.

Todos fruncen el ceño, pensativos.

HERMIONE

Yo creo que la iglesia de Saint Jerome cumple todos esos requisitos, ¿no os parece?

Acto IV. Escena 9.

Godric's Hollow. Iglesia. Santuario. 1981

Albus duerme en un banco. Ginny lo mira con atención. Al otro lado, Harry mira por una ventana.

HARRY

Nada. ¿Por qué no viene?

GINNY

Estamos juntos, tus padres están vivos, podemos revertir el tiempo, Harry, pero no acelerarlo. Vendrá cuando esté preparada, y a nosotros también nos encontrará preparados.

Mira a Albus, un bulto durmiente.

GINNY

Mejor dicho: algunos estaremos preparados.

HARRY

Pobre chico. Pensó que tenía que salvar el mundo.

GINNY

Y el pobre chico lo ha salvado. Lo de la manta ha sido magistral. Bueno, también ha estado a punto de destruir el mundo, pero eso vamos a dejarlo.

HARRY

¿Crees que está bien?

GINNY

Poco a poco, Harry. Tal vez necesite un poco más de tiempo. Y tú también.

Harry sonríe. Ginny vuelve a mirar a Albus. Harry también.

GINNY

¿Sabes una cosa? Después de abrir la cámara secreta, después de que Voldemort me embrujara con aquel terrible diario y de que estuviera a punto de destruirlo todo...

HARRY

Me acuerdo.

GINNY

Cuando salí de la enfermería, todos me ignoraban, me hacían el vacío... Todos excepto el chico que lo tenía todo, que vino a la sala común de Gryffindor y me invitó a jugar una partida de naipes explosivos. La gente cree saberlo todo sobre ti, pero tus momentos más bonitos siempre han sido... heroicos, pero discretos. Lo que quiero decir es que... cuando todo esto haya terminado, acuérdate, si puedes, de que, a veces, las personas, pero sobre todo los niños, sólo necesitan a alguien con quien jugar a los naipes explosivos.

HARRY

¿Crees que eso es lo que nos falta? ¿Unas partidas de naipes explosivos?

GINNY

No. Pero el amor que yo sentí que me dabas ese día... No sé si Albus lo siente.

HARRY

Yo haría cualquier cosa por él.

GINNY

Harry, tú harías cualquier cosa por cualquiera. Te pareció bien dar tu vida por el mundo. Él necesita sentir un amor concreto. Eso lo hará más fuerte, y a ti también.

HARRY

Mira, hasta que creímos que habíamos perdido a Albus no entendí realmente lo que mi madre hizo por mí: un contraencantamiento tan poderoso que fue capaz de repeler el hechizo de la muerte.

GINNY

Con el único hechizo que Voldemort no podía entender: el amor.

HARRY

Yo sí siento por él un amor concreto, Ginny.

GINNY

Ya lo sé. Pero él tiene que notarlo.

HARRY

Suerte que te tengo a ti, ¿no?

GINNY

Ya lo creo. Cualquier día de éstos me encantará hablar contigo de la suerte que tienes. Pero ahora concentrémonos en cómo detener a Delphi.

HARRY

Se nos está agotando el tiempo.

A Ginny se le ocurre una idea.

GINNY

A menos que... Harry, ¿alguien se ha parado a pensar en por qué ha escogido Delphi este momento este día?

HARRY

Porque es el día en que todo cambió.

GINNY

Ahora tienes poco más de un año, ¿verdad?

HARRY

Un año y tres meses.

GINNY

Eso significa que Delphi ha tenido un año y tres meses para matarte. Y ahora ya lleva veinticuatro horas en Godric's Hollow. ¿A qué espera?

HARRY

Me parece que no te sigo.

GINNY

¿Y si no estuviera esperándote a ti? ¿Y si estuviera esperándolo a él... para detenerlo?

HARRY

¿Cómo dices?

GINNY

Delphi ha escogido esta noche porque va a venir su padre. Quiere conocerlo. Quiere estar con él, con el padre al que ama. Los problemas de Voldemort empezaron cuando te atacó. Si no lo hubiera hecho...

HARRY

Su poder no habría dejado de aumentar, y la oscuridad se habría vuelto más oscura.

GINNY

La mejor forma de romper la profecía no es matar a Harry Potter, sino impedir que Voldemort actúe.

Acto IV. Escena 10.

Godric's Hollow. Iglesia. 1981

Están todos reunidos, muy desconcertados.

RON

A ver si me aclaro. ¿Vamos a luchar para proteger a Voldemort?

ALBUS

¿Al Voldemort que asesinó a mis abuelos? ¿Al Voldemort que intentó asesinar a mi padre?

HERMIONE

Tienes razón, Ginny. Delphi no quiere matar a Harry. Quiere impedir que Voldemort intente matar a Harry. ¡Muy inteligente!

DRACO

¿Y nos limitamos a esperar hasta que aparezca Voldemort?

ALBUS

¿Delphi sabe cuándo va a aparecer? Si ha venido con veinticuatro horas de antelación es porque no está segura de cuándo llegará, ni por dónde aparecerá. Los libros de historia, y corrígeme si me equivoco, Scorpius, no especifican cuándo ni cómo llegó Voldemort a Godric's Hollow.

SCORPIUS Y HERMIONE

No estás equivocado.

RON

¡Vaya! ¡Ahora hay dos!

DRACO

¿Y cómo podemos sacarle partido a eso?

ALBUS

¿Sabéis qué es lo que se me da muy bien?

HARRY

Se te dan bien muchas cosas, Albus.

ALBUS

La poción multijugos. Puede que Bathilda Bagshot tenga todos los ingredientes necesarios en su sótano. Usamos la poción para convertirnos en Voldemort y así ella vendrá a nosotros.

RON

Para preparar la poción multijugos necesitas una pequeña parte de la persona. Y no tenemos ni una pizca de Voldemort.

HERMIONE

Pero el concepto me gusta: un ratón de mentira para su gato.

HARRY

¿Hasta dónde podemos llegar mediante transformación?

HERMIONE

Sabemos qué aspecto tiene. Y entre nosotros hay algunos magos y brujas excelentes.

GINNY

¿Quieres que uno de nosotros se transforme en Voldemort?

ALBUS

Es la única solución.

HERMIONE

Sí, así es.

Ron da un paso adelante con valentía.

RON

En ese caso, me gustaría... Creo que debería hacerlo yo. Ya sé que no será muy agradable hacerse pasar por Voldemort, pero, modestia aparte, seguramente soy el más equilibrado de todos nosotros, y... creo que transformarme en él... en el Señor Tenebroso... me hará menos daño a mí que a... cualquiera de vosotros, que sois más... temperamentales.

Harry se aparta del grupo, abstraído.

HERMIONE

¿A quién estás llamando temperamental?

DRACO

Yo también quiero ofrecerme voluntario. Creo que para hacerse pasar por Voldemort hay que ser muy minucioso... con todo respeto, Ron. Y tener conocimientos de magia oscura y...

HERMIONE

Pues yo también me ofrezco. Como ministra de Magia, creo que es mi derecho y mi deber.

SCORPIUS

A lo mejor tendríamos que echarlo a suertes.

DRACO

Tú no puedes ofrecerte, Scorpius.

ALBUS

De hecho...

GINNY

No, ni hablar. Os habéis vuelto locos. Yo sé cómo suena esa voz dentro de la cabeza. Y no permitiré que vuelva a sonar dentro de la mía.

HARRY

Además... sólo puedo hacerlo yo.

Todos miran a Harry.

DRACO

¿Qué?

HARRY

Para que el plan funcione, Delphi tiene que estar convencida de que es él, no puede tener ni la menor duda.

Utilizará la lengua pársel. Yo ya sabía que tenía que haber alguna razón por la que todavía conservo esa habilidad. Pero no es sólo eso: yo sé... qué significa sentir como él. Yo sé qué significa ser él. Sólo puedo hacerlo yo.

RON

Tonterías. Todo muy bonito, pero son tonterías. Ni lo sueñes, no vas a...

HERMIONE

Me temo que tienes razón, amigo mío.

RON

Te equivocas, Hermione. Hacerse pasar por Voldemort no es... Harry no debería...

GINNY

Me fastidia mucho estar de acuerdo con mi hermano, pero...

RON

Podría quedar atrapado. Y ser Voldemort... para siempre.

HERMIONE

Lo mismo que podría pasarnos a cualquiera de nosotros. Tu inquietud es lícita, pero...

HARRY

Un momento, Hermione. Gin.

Ginny y Harry se miran.

HARRY

Si tú me pides que no lo haga, no lo haré. Pero me parece que es nuestra única salida, ¿me equivoco?

Ginny reflexiona un momento, y luego asiente. El semblante de Harry se endurece.

GINNY

Tienes razón.

HARRY

Pues vamos allá.

DRACO

¿No vamos a hablar de la ruta que vas a tomar, ni de...?

HARRY

Ella está vigilando. Saldrá a mi encuentro.

DRACO

Y entonces, cuando Delphi esté contigo, ¿qué? Te recuerdo que estamos hablando de una bruja muy poderosa.

RON

Muy sencillo. La hace entrar aquí y la liquidamos entre todos.

DRACO

¿«La liquidamos»?

Hermione mira alrededor.

HERMIONE

Nos esconderemos detrás de esas puertas. Harry, si consigues atraerla hasta aquí *(señala en el suelo el sitio donde se proyecta la luz que entra por el rosetón)*, nosotros saldremos y nos encargaremos de que no pueda escapar.

RON *(lanza una mirada a Draco)*
Y entonces la liquidamos.

HERMIONE

Harry, última oportunidad: ¿estás seguro de que puedes hacerlo?

HARRY

Sí, segurísimo.

DRACO

No, hay demasiados cabos sueltos, demasiadas cosas que podrían salir mal. La transformación podría no durar lo suficiente, Delphi podría descubrirla... Si ahora se nos escapa, no quiero ni pensar en el daño que causaría. Necesitamos tiempo para planear esto como es debido y...

ALBUS

Confía en mi padre. No nos fallará.

Harry mira a Albus, emocionado.

HERMIONE
¡Varitas!

Todos sacan sus varitas. Harry agarra la suya con firmeza.

Vemos una luz que se intensifica... Una luz que deslumbra...

La transformación es lenta y monstruosa.

Y del interior de Harry surge Voldemort. La escena es horrenda. Se vuelve. Mira alrededor, a sus amigos y su familia. También ellos lo miran, espantados.

RON
¡Por todos los diablos!

HARRY/VOLDEMORT
¿Qué? ¿Ha funcionado?

GINNY *(en tono grave)*
Sí. Ha funcionado.

Acto IV. Escena 11.

Godric's Hollow. Iglesia. 1981

Ron, Hermione, Draco, Scorpius y Albus miran por la ventana. Ginny no puede mirar. Está sentada un poco más lejos.

Albus se da cuenta y va hacia ella.

ALBUS

Todo irá bien, mamá. Ya lo sabes, ¿verdad?

GINNY

Lo sé. O eso espero. Sí, lo sé. Es que... No quiero verlo así. El hombre al que amo bajo la piel del hombre al que odio.

Albus se sienta al lado de su madre.

ALBUS

¿Sabes qué, mamá? Me gustaba. Ella me gustaba mucho. Y era... la hija de Voldemort.

GINNY

Ésa es su especialidad, Albus: atrapar a inocentes en sus redes.

ALBUS

Todo esto es culpa mía.

Ginny abraza a Albus.

GINNY

Tiene gracia. Tu padre cree que es culpa suya. No hay quien os entienda.

SCORPIUS

¡Ya está aquí! ¡Ya está aquí! Lo ha visto.

HERMIONE

Todos a sus puestos. Y acordaos: no salgáis hasta que Harry la haya llevado a esa zona iluminada. Sólo tenemos un intento y no podemos desaprovecharlo.

Todos se apresuran.

DRACO

Hermione Granger. Me está mangoneando Hermione Granger. *(Hermione lo mira y le sonríe.)* Y no me disgusta del todo.

SCORPIUS

Papá...

Se dispersan. Se esconden detrás de dos grandes puertas.

Harry/Voldemort vuelve a entrar en la iglesia. Camina unos pasos y se da media vuelta.

HARRY/VOLDEMORT

Sea quien sea el mago o la bruja que me está siguiendo, le aseguro que se arrepentirá.

Delphi aparece tras él. Está bajo su influjo. Voldemort es su padre y ella lleva toda la vida esperando este momento.

DELPHI

Lord Voldemort. Soy yo. Soy yo quien os sigue.

HARRY/VOLDEMORT

No te conozco. Vete.

Delphi respira hondo.

DELPHI

Soy vuestra hija.

HARRY/VOLDEMORT

Si fueras mi hija, lo sabría.

Delphi lo mira implorante.

DELPHI

Vengo del futuro. Soy hija vuestra y de Bellatrix Lestrange. Nací en la Mansión Malfoy antes de la Batalla de Hogwarts. Una batalla que vais a perder. He venido a salvaros.

Harry/Voldemort se vuelve hacia ella. Sus miradas se encuentran.

DELPHI
Fue Rodolphus Lestrange, el leal marido de Bellatrix, quien a su regreso de Azkaban me dijo quién soy y me reveló la profecía que, según él, yo estaba destinada a cumplir. Soy vuestra hija, señor.

HARRY/VOLDEMORT
Sé bien quién era Bellatrix. Y se aprecia cierto parecido en tu cara, aunque no has heredado lo mejor de ella. Pero sin pruebas que lo demuestren...

Delphi habla intencionadamente en pársel.

Harry/Voldemort se ríe con malicia.

HARRY/VOLDEMORT
¿Ésa es tu única prueba?

Delphi se eleva sin esfuerzo del suelo. Harry/Voldemort retrocede, asombrado.

DELPHI
Soy el Augurey del Señor Tenebroso, y estoy dispuesta a dar todo lo que tengo para serviros.

HARRY/VOLDEMORT *(tratando de disimular su conmoción)*
¿Eso lo aprendiste... de mí?

DELPHI
He intentado seguir el camino que vos trazasteis.

HARRY/VOLDEMORT
Nunca he conocido mago ni bruja que haya intentado emularme.

DELPHI
No me malinterpretéis. Jamás afirmaría ser digna de vos, señor. Pero he consagrado mi vida a ser una hija de la que enorgulleceros.

HARRY/VOLDEMORT *(la interrumpe)*
Ya veo lo que eres y lo que podrías ser. Mi hija.

Ella lo mira, profundamente conmovida.

DELPHI
¿Padre?

HARRY/VOLDEMORT
Y veo el poder que, juntos, podríamos ejercer.

DELPHI
Padre...

HARRY/VOLDEMORT
Ven aquí, donde hay luz, para que pueda examinar el fruto de mi sangre.

DELPHI
Vuestra misión es un error. Atacar a Harry Potter es un error. Él os destruirá.

La mano de Harry/Voldemort se convierte en la mano de Harry. Él la mira, sorprendido y consternado, y rápidamente la esconde dentro de la manga.

HARRY/VOLDEMORT
No es más que un bebé.

DELPHI
Pero lo protege el amor de su madre. Vuestra maldición rebotará, y a él lo hará sumamente poderoso, mientras que a vos os debilitará hasta casi destruiros. Cuando os recuperéis, pasará mucho tiempo hasta que os enzarcéis en una dura batalla contra él, una batalla que acabaréis perdiendo.

A Harry/Voldemort empieza a salirle pelo. Lo nota, intenta tapárselo. Se pone la capucha.

HARRY/VOLDEMORT
En ese caso, no lo atacaré. Tienes razón.

DELPHI
¿Padre?

Harry/Voldemort empieza a encogerse. Ya se parece más a Harry que a Voldemort. Da la espalda a Delphi.

DELPHI
¿Padre?

HARRY *(trata desesperadamente de seguir hablando como Voldemort)*
Tu plan es bueno. No me enfrentaré a él. Me has servido fielmente. Ahora ven aquí, donde hay luz, para que pueda examinarte.

Delphi ve que una de las puertas se abre un poco y luego se cierra. Frunce el ceño, piensa, y empieza a sospechar.

DELPHI
Padre...

Intenta vislumbrar de nuevo el rostro de Voldemort, ambos se mueven como si representaran una danza en el escenario.

DELPHI
Tú no eres lord Voldemort.

Delphi lanza un rayo con la mano. Harry la imita.

DELPHI
¡Incendio!

HARRY
¡Incendio!

Los rayos entrechocan y provocan una hermosa explosión en medio de la iglesia.

Con la otra mano, Delphi lanza sendos hechizos contra las puertas que los magos intentan abrir.

DELPHI
¡Potter! *¡Fermaportus!*

Harry mira las puertas, y su rostro se ensombrece.

DELPHI

¿Qué? Creías que tus amigos vendrían a ayudarte, ¿verdad?

HERMIONE *(en off)*

¡Harry! ¡Harry!

GINNY *(en off)*

¡Ha sellado las puertas desde fuera!

HARRY

Muy bien. Puedo encargarme de ti yo solo.

Da un paso para atacarla de nuevo, pero Delphi es mucho más poderosa. La varita de Harry sale volando hacia ella. Está indefenso.

HARRY

¿Cómo has...? ¿Qué eres?

DELPHI

Llevo mucho tiempo observándote, Harry Potter. Te conozco mejor que mi padre.

HARRY

¿Crees que has descubierto mis puntos débiles?

DELPHI

¡He estudiado mucho para ser digna de él! Sí, aunque él es el mago más poderoso de todos los tiempos, estará orgulloso de mí. *¡Expulso!*

Harry sale rodando cuando el suelo explota detrás de él. Se arrastra y se refugia bajo un banco. Intenta descubrir algún modo de enfrentarse a ella.

DELPHI

¿Huyes de mí a gatas? Harry Potter, el héroe del mundo de los magos, arrastrándose como una rata. *¡Wingardium leviosa!*

El banco de la iglesia se levanta del suelo.

DELPHI

La pregunta es si merece la pena que malgaste mi tiempo para matarte, sabiendo que tan pronto como detenga a mi padre tu destrucción estará asegurada. ¿Qué hacer? Bah, me aburro. Te mataré.

Hace descender bruscamente el banco, que se estrella junto a Harry justo cuando él se aparta rodando.

Albus sale por una rejilla del suelo y ninguno de los dos se da cuenta.

DELPHI

¡Avada...!

ALBUS

¡Papá!

HARRY

¡Albus! ¡No!

DELPHI

¿Ahora sois dos? Qué dilema. Creo que mataré primero al chico. *¡Avada Kedavra!*

Le lanza la maldición asesina a Albus, pero Harry lo aparta a tiempo. El rayo se estrella contra el suelo.

Harry contraataca lanzándole otro rayo.

DELPHI

¿Te crees más fuerte que yo?

HARRY

No. Yo no lo soy.

Se intercambian rayos de fuego sin piedad, hasta que Albus se aparta rodando y lanza un hechizo contra una puerta, y luego contra otra.

HARRY

Pero nosotros sí lo somos.

Albus abre ambas puertas con su varita.

ALBUS
¡Alohomora! ¡Alohomora!

HARRY
Es que yo nunca peleo solo. Y hoy tampoco lo haré.

Hermione, Ron, Ginny y Draco salen por las puertas y lanzan sus hechizos contra Delphi. Ella grita, encolerizada. Es una lucha titánica. Pero no puede contra todos.

Hay una serie de estallidos y entonces, aplastada por sus oponentes, Delphi se desploma.

DELPHI
No... No...

HERMIONE
¡Atabraquia!

Delphi queda atada.

Harry avanza hacia Delphi. En ningún momento deja de mirarla. Todos los demás se hacen a un lado.

HARRY
¿Estás bien, Albus?

ALBUS
Sí, papá, estoy bien.

Harry sigue sin apartar la vista de Delphi. Todavía la teme.

HARRY
Ginny, ¿está herido? Dime si está bien.

GINNY
Se ha empeñado él. Era el único que cabía por la rejilla. He intentado impedírselo.

HARRY
Sólo dime que está bien.

ALBUS
Estoy bien, papá. Te lo prometo.

Harry sigue avanzando hacia Delphi.

HARRY

Muchos han intentado hacerme daño a mí, pero... ¡a mi hijo! ¡Cómo te atreves a hacerle daño a mi hijo!

DELPHI

Sólo quería conocer a mi padre.

Estas palabras pillan desprevenido a Harry.

HARRY

No puedes reinventar tu vida. Siempre serás huérfana. Eso no puedes cambiarlo.

DELPHI

Sólo déjame... verlo.

HARRY

No puedo. Me niego.

DELPHI *(patética)*

Entonces, mátame.

Harry piensa un momento.

HARRY

Eso tampoco puedo hacerlo.

ALBUS

¿Cómo? ¡Papá! ¡Es peligrosa!

HARRY

No, Albus...

ALBUS

Pero ¡si es una asesina! ¡Vi cómo asesinaba a...!

Harry se da la vuelta. Mira a su hijo, y luego a Ginny.

HARRY

Sí, Albus, ella es una asesina, y nosotros no.

HERMIONE

Tenemos que ser mejores que ellos.

RON

Sí, da mucha rabia, pero es lo que hemos aprendido.

DELPHI

Borradme la mente. Borradme la memoria. Hacedme olvidar quién soy.

RON

No. Te llevaremos con nosotros a nuestro tiempo.

HERMIONE

Y te encerrarán en Azkaban. Igual que a tu madre.

DRACO

Y te pudrirás allí.

Harry oye un ruido. Un siseo.

Y entonces se oye un sonido que evoca la muerte, un sonido que no se parece a nada que hayamos oído antes.

Haaarry Pottttter...

SCORPIUS

¿Qué es eso?

HARRY

No. ¡No! ¡Todavía no!

ALBUS

¿Qué?

RON

Voldemort.

DELPHI

¿Padre?

HERMIONE

¿Ahora? ¿Aquí?

DELPHI

¡Padre!

DRACO

¡*Silencius!* (*Amordaza a Delphi.*) *¡Wingardium levio-sa!* (*La levanta del suelo y la deja suspendida en el aire, apartada.*)

HARRY

Ya viene. Viene hacia aquí.

Voldemort entra en el escenario por el fondo, lo cruza y baja a la platea. Lleva consigo la muerte. Y todo el mundo lo sabe.

Acto IV. Escena 12.

Godric's Hollow. 1981

Harry mira a Voldemort con impotencia.

HARRY

Voldemort va a matar a mis padres y no puedo hacer nada para impedirlo.

DRACO

Eso no es cierto.

SCORPIUS

Papá, éste no es momento para...

ALBUS

Sí que podrías hacer algo. Pero no lo harás.

DRACO

Hace falta ser un héroe para eso.

Ginny le da la mano a Harry.

GINNY

No es necesario que lo veas, Harry. Podemos irnos a casa.

HARRY

Si voy a dejar que suceda... Claro que debo verlo.

HERMIONE

Entonces, todos seremos testigos.

RON

Sí, lo veremos todos.

Oímos unas voces desconocidas.

JAMES *(en off)*
    ¡Lily, coge a Harry y vete! ¡Es él! ¡Vete! ¡Corre! Yo lo detendré.

Se oye un estruendo, y luego una carcajada.

JAMES *(en off)*
    No te acerques, ¿me oyes? ¡No te acerques!

VOLDEMORT *(en off)*
    ¡Avada Kedavra!

Harry se estremece mientras una luz verde recorre todo el teatro.

Albus le extiende una mano. Harry la aprieta con fuerza. La necesita.

ALBUS
    Hizo todo lo que pudo.

Ginny se pone a su lado y lo agarra de la otra mano. Harry se apoya en ellos. Lo están sosteniendo.

HARRY
    Esa de la ventana es mi madre. Veo a mi madre, qué guapa está.

Se oyen unos fuertes golpes, y una puerta que se hace añicos.

LILY *(en off)*
    ¡Harry no! ¡Harry no! ¡Harry no, por favor!

VOLDEMORT *(en off)*
    Apártate, necia. Apártate ahora mismo...

LILY *(en off)*
    ¡Harry no! ¡Por favor, máteme a mí, pero a él no!

VOLDEMORT *(en off)*
    Te lo advierto por última vez.

LILY *(en off)*
    ¡Harry no! ¡Por favor... tenga piedad... tenga piedad! ¡Harry no! ¡Harry no! ¡Se lo ruego, haré lo que sea!

VOLDEMORT *(en off)*
    ¡Avada Kedavra!

Es como si a Harry lo atravesara un rayo. Cae al suelo, retorciéndose de dolor.

En torno al público asciende y desciende un ruido, como un grito amortiguado.

Los espectadores se quedan mirando.

Poco a poco, lo que había allí ya no está.

El escenario se transforma y empieza a girar.

Y Harry, su familia y sus amigos se alejan girando hasta desaparecer.

Acto IV. Escena 13.

Godric's Hollow. Casa de James y Lily Potter. 1981

Nos encontramos en una casa en ruinas. Una casa que ha sufrido un ataque violentísimo.

Hagrid camina entre los escombros.

HAGRID
¿James?

Busca a su alrededor.

HAGRID
¿Lily?

Camina despacio, no le gusta lo que va a ver, ni tiene prisa por verlo. Está profundamente abrumado.

Y entonces los ve, y se para, y no dice nada.

HAGRID
¡Oh, no! Esto no... Esto no... Yo no... Me lo dijeron, pero... Yo esperaba que a lo mejor...

Los mira, agacha la cabeza y murmura unas palabras. A continuación, saca unas flores mustias de sus hondos bolsillos y las deja en el suelo.

HAGRID
Lo siento, me lo dijeron, me lo dijo él, Dumbledore, pero no puedo quedarme. Ya vienen los muggles con sus destellos azules, y no creo que les guste encontrarse aquí a un bobo grandullón como yo, ¿verdad?

Deja escapar un sollozo.

HAGRID

Dejaros es muy doloroso, pero... Quiero que sepáis que no os olvidaremos. Ni yo, ni nadie.

Y entonces oye algo. Un bebé que gimotea. Hagrid camina hacia él, ahora con más brío.

Se queda junto a la cuna, mirando hacia abajo. La cuna irradia luz.

HAGRID

Hola. Tú debes de ser Harry. Hola, Harry Potter. Me llamo Rubeus Hagrid y voy a ser tu amigo, te guste o no. Porque lo has pasado muy mal, aunque todavía no lo sepas. Y vas a necesitar amigos. Y ahora será mejor que vengas conmigo, ¿no te parece?

Mientras unos destellos azulados invaden la habitación y la bañan en un resplandor casi etéreo, Hagrid agarra a Harry con mucho cuidado.

Y entonces, sin mirar atrás, sale a grandes zancadas de la casa.

Nos sumimos en una suave oscuridad.

Acto IV. Escena 14.

Hogwarts. Aula

Scorpius y Albus entran precipitadamente en un aula, muy emocionados. Cierran dando un portazo.

SCORPIUS

No puedo creer lo que he hecho.

ALBUS

Yo tampoco puedo creer lo que has hecho.

SCORPIUS

¡A Rose Granger-Weasley! ¡He invitado a salir a Rose Granger-Weasley!

ALBUS

Y ella te ha contestado que no.

SCORPIUS

Pero se lo he pedido. He plantado la semilla. La semilla que germinará y acabará convirtiéndose en nuestro matrimonio.

ALBUS

Supongo que te das cuenta de que eres un iluso.

SCORPIUS

Y te daría la razón... de no ser porque Polly Chapman me pidió que fuera con ella al baile del colegio.

ALBUS

En una realidad alternativa donde eras bastante más popular, pero mucho más, otra chica te invitó a salir, y tú interpretas...

SCORPIUS

Y sí, por pura lógica debería ir detrás de Polly, o dejar que ella viniera detrás de mí, porque al fin y al cabo es un bellezón, pero... Rose es única.

ALBUS

Lo único que se desprende por pura lógica es que estás chiflado. Rose te odia.

SCORPIUS

Perdona: me odiaba, pero ¿te has fijado en cómo me miraba cuando se lo he pedido? Eso no era odio, era lástima.

ALBUS

¿Y la lástima es buena?

SCORPIUS

La lástima es un principio, amigo mío, unos cimientos sobre los que construir un palacio, un... palacio de amor.

ALBUS

Sinceramente, yo creía que sería el primero en tener novia.

SCORPIUS

Bueno, y así será, sin duda. Seguramente, esa nueva profesora de Pociones de ojos azul grisáceo. ¿Te parece que es lo bastante mayor para ti?

ALBUS

¡A mí no me gustan las mujeres mayores!

SCORPIUS

Y tienes tiempo para seducirla, mucho tiempo. Porque a Rose me va a costar años convencerla.

ALBUS

Admiro tu seguridad en ti mismo.

Rose pasa a su lado por la escalera, los mira.

ROSE

Hola.

Ninguno de los dos chicos sabe qué contestar. Rose mira fijamente a Scorpius.

ROSE

Esto sólo va a ser muy raro si tú te empeñas en que lo sea.

SCORPIUS

Recibido y entendido a la perfección.

ROSE

Vale. Rey Escorpión.

Rose se marcha con una sonrisa en los labios. Scorpius y Albus se miran. Albus sonríe y golpea a Scorpius en un brazo.

ALBUS

A lo mejor tienes razón. La lástima es un principio.

SCORPIUS

¿Vas a ver el quidditch? Juega Slytherin contra Hufflepuff. Será un gran partido.

ALBUS

¿No era que odiábamos el quidditch?

SCORPIUS

Las personas cambian. Además, he estado practicando. Creo que al final lograré que me acepten en el equipo. Vamos.

ALBUS

No puedo. Va a venir mi padre.

SCORPIUS

¿Ha pedido un día libre en el ministerio?

ALBUS

Quiere ir a dar un paseo. Dice que quiere enseñarme algo, compartir no sé qué conmigo.

SCORPIUS

¿Un paseo?

ALBUS

Ya lo sé, supongo que quiere estrechar nuestro vínculo afectivo, o algo igual de vomitivo. Pero mira, creo que voy a ir.

Scorpius abraza a Albus.

ALBUS

¿Qué significa esto? ¿No habíamos decidido que no nos abrazábamos?

SCORPIUS

No estaba seguro. No sabía si debíamos o no. En esta nueva versión de nosotros... que yo tenía en mente.

ALBUS

Será mejor que le preguntes a Rose si le parece correcto.

SCORPIUS

¡Ja, ja! Sí, buena idea.

Se separan y se sonríen.

ALBUS

Nos vemos en la cena.

Acto IV. Escena 15.

Una bonita colina

Harry y Albus suben por una colina un espléndido día de verano.

No hablan. Van disfrutando de la caricia del sol en la cara.

HARRY
Entonces, ¿estás preparado?

ALBUS
¿Para qué?

HARRY
Bueno, este año harás los exámenes de cuarto... Y luego empezarás quinto, un curso importante. Yo, en quinto...

Mira a Albus. Sonríe. Habla deprisa.

HARRY
Hice muchas cosas. Buenas y malas. Y muchas, bastante complicadas.

ALBUS
Está bien saberlo.

Harry sonríe.

ALBUS
Pude verlos bastante rato, ¿sabes? A tus padres. Eran... Os lo pasabais bien juntos. A tu padre le encantaba hacer ese truco del aro de humo, y tú... bueno, no podías parar de reír.

HARRY
¿Ah, sí?

ALBUS

Creo que te habrían caído bien. Y me parece que a Lily, a James y a mí también.

Harry asiente. Se hace un silencio un tanto incómodo. Ambos tratan de conectar con el otro, y ninguno lo consigue.

HARRY

Mira, yo creía que me había deshecho de él... de Voldemort. Creía que me había deshecho de él y entonces empezó a dolerme otra vez la cicatriz y soñaba con él y hasta podía hablar de nuevo en pársel y empecé a pensar que no había cambiado... que él no me había dejado ir...

ALBUS

¿Y fue así?

HARRY

La parte de mí que fue Voldemort murió hace tiempo. pero librarme físicamente de él no era suficiente... Tenía que librarme mentalmente. Y eso... es una cosa difícil para un hombre de cuarenta años.

Mira a Albus.

HARRY

Lo que te dije... fue imperdonable y no puedo pedirte que lo olvides, pero espero que seamos capaces de dejarlo atrás. Voy a intentar ser mejor padre, Albus. Intentaré ser sincero contigo y...

ALBUS

Papá, no hace falta que...

HARRY

Me dijiste que creías que nada me daba miedo, pero... a mí me da miedo todo. En serio. Me da miedo la oscuridad, ¿lo sabías?

ALBUS

¿A Harry Potter le da miedo la oscuridad?

HARRY

No me gustan los espacios cerrados. Y hay algo que nunca le he confesado a nadie, pero tampoco soporto... *(titubea antes de decirlo)* las palomas.

ALBUS

¿Las palomas?

HARRY *(arruga la cara)*

Son unos bichos sucios, infectos, repugnantes. Me dan escalofríos.

ALBUS

Pero ¡si son inofensivas!

HARRY

Ya lo sé. Pero lo que más miedo me da, Albus Severus Potter, es ser tu padre. Porque tengo que tocar de oído, ¿me explico? La mayoría de la gente tiene, como mínimo, un padre en el que inspirarse, e intenta comportarse como él, o al contrario que él. Yo no tengo nada, o muy poco. Así que estoy aprendiendo, ¿de acuerdo? Y voy a intentar por todos los medios... ser un buen padre para ti.

ALBUS

Y yo también intentaré ser un buen hijo. Ya sé que no soy James, papá. Nunca seré como vosotros dos...

HARRY

James no se parece en nada a mí.

ALBUS

¿Ah, no?

HARRY

A James todo le sale sin esfuerzo. Mi infancia fue una lucha constante.

ALBUS

Como la mía. ¿Me estás diciendo... que me parezco a ti?

Harry sonríe a Albus.

HARRY

En realidad te pareces más a tu madre —osada, valiente, divertida—, cosa que me encanta y... bueno, creo que eso te convierte en un hijo bastante bueno.

ALBUS

Estuve a punto de destruir el mundo.

HARRY

Delphi no iba a conseguirlo, Albus... Tú la hiciste salir a la luz y encontraste una manera de unirnos para luchar contra ella. Tal vez ahora no te des cuenta, pero nos salvaste a todos.

ALBUS

Pero ¿no te parece que debería haberlo hecho mejor?

HARRY

¿No crees que yo me hago la misma pregunta?

ALBUS *(con un nudo en el estómago, sabe que su padre nunca haría algo así)*

Cuando la atrapamos... Yo quería matarla.

HARRY

La habías visto asesinar a Craig. Estabas furioso, Albus, y es comprensible. Pero no la habrías matado.

ALBUS

¿Cómo lo sabes? A lo mejor es mi lado Slytherin. A lo mejor es eso lo que el Sombrero Seleccionador vio en mí.

HARRY

Yo no sé leer tus pensamientos, Albus. En realidad, ya eres un adolescente, y no me corresponde hacerlo. Pero sí entiendo tu corazón. Durante mucho tiempo no lo entendí, pero gracias a esta «aventura» sé lo que tienes ahí dentro. Y sé, con toda seguridad, que tienes buen corazón. Sí: te guste o no, te estás convirtiendo en todo un mago.

ALBUS

Ah, no. Yo no voy a ser mago. Voy a dedicarme a las carreras de palomas. Me hace mucha ilusión.

Harry sonríe.

HARRY

Esos nombres que llevas... no deberían ser una carga para ti. Albus Dumbledore también vivió momentos difíciles. Y Severus Snape... Bueno, ya lo sabes todo sobre él.

ALBUS

Eran hombres buenos.

HARRY

Eran hombres extraordinarios, aunque con grandes defectos. Pero te diré una cosa: esos defectos los hacían aún mejores.

Albus mira alrededor.

ALBUS

Papá, ¿por qué estamos aquí?

HARRY

Es un sitio a donde vengo a menudo.

ALBUS

Pero es un cementerio...

HARRY

Sí, ésta es la tumba de Cedric.

ALBUS

Papá...

HARRY

Ese chico al que mataron, Craig Bowker... ¿lo conocías mucho?

ALBUS

No, no mucho.

HARRY

Yo tampoco conocía muy bien a Cedric. Sé que habría podido jugar en el equipo nacional de quidditch. O haber sido un auror excelente. Habría podido hacer cualquier cosa que se propusiera. Y Amos tiene razón: se lo robaron.

Por eso vengo aquí. Sencillamente a decir que lo siento. Siempre que puedo.

ALBUS
Eso está muy bien.

Albus se pone al lado de su padre ante la tumba de Cedric. Harry sonríe a su hijo y eleva la vista al cielo.

HARRY
Creo que va a hacer un día muy bonito.

Le toca ligeramente el hombro a Albus. Y por un instante, padre e hijo se funden.

ALBUS *(sonríe)*
Yo también.

FIN

Harry Potter y el legado maldito, Partes Uno y Dos es una producción de Sonia Friedman Productions, Colin Callender y Harry Potter Theatrical Productions. Se estrenó en el Palace Theatre de Londres el 30 de julio de 2016.

Reparto original por orden alfabético

CRAIG BOWKER JR.	Jeremy Ang Jones
MYRTLE *LA LLORONA*, LILY POTTER SR.	Annabel Baldwin
TÍO VERNON, SEVERUS SNAPE, LORD VOLDEMORT	Paul Bentall
SCORPIUS MALFOY	Anthony Boyle
ALBUS POTTER	Sam Clemmett
HERMIONE GRANGER	Noma Dumezweni
POLLY CHAPMAN	Claudia Grant
HAGRID, SOMBRERO SELECCIONADOR	Chris Jarman
YANN FREDERICKS	James Le Lacheur
TÍA PETUNIA, SEÑORA HOOCH, DOLORES UMBRIDGE	Helena Lymbery
AMOS DIGGORY, ALBUS DUMBLEDORE	Barry McCarthy
BRUJA DEL CARRITO DE LA COMIDA, PROFESORA MCGONAGALL	Sandy McDade
JEFE DE ESTACIÓN	Adam McNamara
GINNY POTTER	Poppy Miller
CEDRIC DIGGORY, JAMES POTTER JR., JAMES POTTER SR.	Tom Milligan
DUDLEY DURSLEY, KARL JENKINS, VIKTOR KRUM	Jack North
HARRY POTTER	Jamie Parker
DRACO MALFOY	Alex Price
BANE	Nuno Silva
ROSE GRANGER-WEASLEY, HERMIONE JOVEN	Cherrelle Skeete
DELPHI DIGGORY	Esther Smith
RON WEASLEY	Paul Thornley

HARRY POTTER NIÑO	Rudi Goodman Alfred Jones Bili Keogh Ewan Rutherford Nathaniel Smith Dylan Standen
LILY POTTER JR.	Zoe Brough Cristina Fray Christiana Hutchings

Otros papeles interpretados por

Nicola Alexis, Jeremy Ang Jones, Rosemary Annabella, Annabel Baldwin, Jack Bennett, Paul Bentall, Morag Cross, Claudia Grant, James Howard, Lowri James, Chris Jarman, Martin Johnston, James Le Lacheur, Helena Lymbery, Barry McCarthy, Andrew McDonald, Adam McNamara, Tom Milligan, Jack North, Stuart Ramsay, Nuno Silva, Cherrelle Skeete.

Suplentes

Helen Aluko, Morag Cross, Chipo Kureya, Tom Mackley, Joshua Wyatt.

Nuno Silva	supervisor de movimiento
Jack North	ayudante del supervisor de movimiento
Morag Cross	supervisora de voz

Equipo creativo y de producción

Idea original	J.K. Rowling, John Tiffany, Jack Thorne
Dramaturgo	Jack Thorne
Director	John Tiffany
Director de movimiento	Steven Hoggett
Escenografía	Christine Jones
Diseño de vestuario	Katrina Lindsay
Compositora y arreglista	Imogen Heap
Diseño de luces	Neil Austin
Diseño de sonido	Gareth Fry
Magia e ilusionismo	Jamie Harrison
Supervisión de música y arreglos	Martin Lowe
Directora de casting	Julia Horan CDG
Director de producción	Gary Beestone
Regidor de producción	Sam Hunter
Ayudante de dirección	Des Kennedy
Director adjunto de movimiento	Neil Bettles
Escenógrafo adjunto	Brett J. Banakis
Diseñador adjunto de sonido	Pete Malkin
Adjunto de magia e ilusionismo	Chris Fisher
Adjunta de casting	Lotte Hines
Ayudante de diseño de luces	Adam King
Supervisión diseño de vestuario	Sabine Lemaître
Maquillaje y peluquería	Carole Hancock
Supervisión de utilería	Lisa Buckley, Mary Halliday
Edición musical	Phij Adams
Producción musical	Imogen Heap
Efectos especiales	Jeremy Chernick
Diseño de vídeo	Finn Ross, Ash Woodward
Asesoría lingüística	Daniele Lydon

Asesor de voz	Richard Ryder
Regidor compañía	Richard Clayton
Regidor	Jordan Noble-Davies
Regidora suplente	Jenefer Tait
Ayudantes del regidor	Oliver Bagwell Purefoy, Tom Gilding, Sally Inch, Ben Sherratt
Director residente	Pip Minnithorpe
Jefa de vestuario	Amy Gillot
Segunda jefa de vestuario	Laura Watkins
Ayudantes de vestuario	Kate Anderson, Leanne Hired
Ayudantes de camerino	George Amielle, Melissa Cooke, Rosie Etheridge, John Ovenden, Emilee Swift
Jefa de maquillaje y peluquería	Nina Van Houten
Segunda jefa de maquillaje y peluquería	Alice Townes
Ayudantes de maquillaje y peluquería	Charlotte Briscoe, Jacob Fessey, Cassie Murphie
Jefe de sonido	Chris Reid
Segunda jefa de sonido	Rowena Edwards
Tercera jefa de sonido	Laura Caplin
Operador de efectos especiales	Callum Donaldson
Jefe de maquinaria	Josh Peters
Segundo jefe de maquinaria	Jamie Lawrence
Tercer jefe de maquinaria	Jamie Robson
Electricista	David Treanor
Técnico de efectos de vuelo	Paul Gurney
Acompañantes	David Russell, Eleanor Dowling
Producción	Sonia Friedman Productions
Directora ejecutiva	Diane Benjamin
Productora ejecutiva	Pam Skinner
Productora asociada	Fiona Stewart
Productor adjunto	Ben Canning
Asistente de producción	Max Bittleston
Ayudante de producción	Imogen Clare-Wood
Directora de marketing	Laura Jane Elliott

Administración	Mark Payn
Productora asociada (desarrollo)	Lucie Lovatt
Ayudante de desarrollo	Lydia Rynne
Director literario	Jack Bradley
Auxiliar administrativo	Jordan Eaton
Gestión de taquilla	Vicky Ngoma

Autores

J.K. ROWLING
Idea original

J.K. Rowling es autora de las siete novelas de la saga de Harry Potter, traducida a setenta y nueve idiomas y con más de 450 millones de ejemplares vendidos, y de otros tres libros complementarios publicados originariamente con fines benéficos. También ha escrito la novela para adultos *Una vacante imprevista*, publicada en 2012; y, con el seudónimo Robert Galbraith, escribe la serie de novelas policíacas protagonizadas por Cormoran Strike. J.K. Rowling debuta como guionista y productora con la película *Animales fantásticos y dónde encontrarlos*, una nueva extensión del mundo de los magos que se estrenará en noviembre de 2016.

JOHN TIFFANY

Idea original y dirección

John Tiffany ha recibido diversos galardones por la dirección de *Once*, tanto en el West End como en Broadway. Ha trabajado como ayudante de dirección del Royal Court en la producción de *Los cretinos*, *Hope* y *The Pass*. Dirigió *Déjame entrar* para el National Theatre of Scotland, que traspasó la obra al Royal Court, al West End y al St. Ann's Warehouse. Entre sus otros trabajos para el National Theatre of Scotland destacan *Macbeth* (también en Broadway), *Enquirer*, *The Missing*, *Peter Pan*, *La casa de Bernarda Alba*, *Transform Caithness: Hunter*, *Be Near Me*, *Nobody Will Ever Forgive Us*, *Las bacantes*, *Black Watch* (con la que ganó el premio Olivier y el Critics' Circle Best Director), *Elizabeth Gordon Quinn* y *Home: Glasgow*. Entre otras producciones recientes están *El zoo de cristal* en ART y en Broadway y *The Ambassador* en BAM. Tiffany fue ayudante de dirección del National Theatre of Scotland entre 2005 y 2012 y recibió una beca Radcliffe de la Universidad de Harvard para el curso 2010-2011.

JACK THORNE

Idea original y dramaturgo

Jack Thorne escribe para el teatro, el cine, la televisión y la radio. Entre sus numerosas producciones para el teatro destacan *Hope* y *Déjame entrar*, ambas dirigidas por John Tiffany; *The Solid Life of Sugar Water* para la Graeae Theatre Company y el National Theatre, *Bunny* para el Fringe Festival de Edimburgo, *Stacy* para Trafalgar Studios, y *2nd May 1997* y *When You Cure Me* para el Bush. Ha adaptado *Los físicos* para el Donmar Warehouse y *Stuart: A Life Backwards* para el HighTide. Sus producciones para el cine incluyen *War Book*, *A Long Way Down* y *The Scouting Book for Boys*, y para la televisión, *The Last Panthers*, *Don't Take My Baby*, *This Is England*, *The Fades*, *Glue Cast-Offs* y *National Treasure*. En 2016 ganó los BAFTA a la mejor miniserie (*This Is England '90*) y a la mejor obra dramática (*Don't Take My Baby*), y en 2012 a la mejor serie dramática (*The Fades*) y a la mejor miniserie (*This Is England '88*).

Agradecimientos

Gracias a todos los actores de los talleres del Legado maldito, Mel Kenyon, Rachel Taylor, Alexandria Horton, Imogen Clare-Wood, Florence Rees, Jenefer Tait, David Nock, Rachel Mason, Colin, Neil, Sonia, todos los miembros de SFP y The Blair Partnership, Rebecca Salt de JKR PR, Nica Burns y todo el personal del Palace Theatre, y, por supuesto, a nuestro increíble elenco, que ha ayudado a dar forma a cada palabra.